怪你過分芬芳

晉晉然——著

目次

1

他就是一個活生生，還使命必達的工具人

闕望舒就不該成為經紀人，更不該站在這個萬眾矚目的記者會直播現場。

這是他當經紀人以來，最難熬的一天。

百來支麥克風堆疊著，架在鋪有黑絲絨布的長桌上，它們適時地掩飾了「A+」三位成員緊繃的肩頭。

隱蔽在一旁幕簾後的闕望舒眉頭微蹙，推了推黑框眼鏡，靜靜地等待當紅天團的「解散」記者會結束。

他心中也曾渴望被人注目的這一幕，但現在卻覺得那一支支麥克風是尖銳的槍，齊齊抵在胸口，壓迫得他喘不過氣，此時的闕望舒倒希望遞上的是一根根棒棒糖，至少舔著的當下心情是愉悅的。

《Alpha!》的記者問：「為什麼當初三人要組團？」

「因為愛！」年紀最小的回答道。

「為何要解散？」

「是啊，怎麼就解散了，對支持你們的粉絲有什麼話要說？」《娛樂週「爆」》的記者也問。

「解散也是因為愛。」隊長看了老二一眼，「謝謝你們這三年來的支持，謝謝……還有抱歉。」

三人默契十足地站了起來，齊齊九十度彎腰鞠躬，足足有一分鐘之久。

閃光燈媲美跨年的煙火，亮得讓人睜不開眼。

「有單飛的計畫嗎？」《汪汪最前線》的記者不死心，繼續刨根究底。

「經紀公司有沒有什麼話要說？」

現場一片鬧哄哄，本來就有點頭疼的闕望舒，現在可說是頭痛欲裂。

站在他旁邊的人推了只當他們經紀人三個月的闕望舒一把，他踉蹌一步出現在鏡頭前，面對這麼多的鏡頭，躲藏在淺灰藍鏡片後的眼睛，仍是不安地眨了又眨。

《Alpha!》的記者期待地問：「作為神駿娛樂公司的代表，您有沒有話要說？」

冒汗的手接過麥克風，腦子閃過一道天音，闕望舒脫口而出：「一山難容二虎，更何況是三個Alpha呢！」

這勁爆的話一說完，他欲從舞台上下來時，眼前突然一片漆黑，一腳踩空，闕望舒便從單人床上跌了下來。

他伸長手瞎摸放在矮桌上響個不停的黑色手機，接起電話用略微乾啞的聲音說：「駿哥，這麼早有事嗎？」

江駿簡潔道：「去機場接個人。」

他掛了電話，半瞇著眼睛摸進了浴室，刷了牙，直到冰涼的水潑在臉上時，他才真正清醒過來。

隱藏Omega身分的他，每到發情期前幾日，老是作噩夢，但他已經想不起來是從何時開始的了。天團解散是真的，但並不是在他的手裡，他只不過是背了鍋，但這鍋他已經背三回了，還是在短短的一年內。

第一回是一個清新Omega歌手，抱上金主大腿。轉到他手中一週後宣告懷孕、閃婚，然後退出了演藝圈。

第二回是位有個性的Beta，某天錄製了一檔挑戰極限的綜藝節目後，直接宣告天下他要當太空人、要在無垠的宇宙拍電影，所以一個月後也離開了。

接下來就是這個「感情」複雜的Alpha天團，時間倒是撐了三個月，還是難逃「死亡」的命運，所以媒體給他取了一個封號——明星殺手！

「惡名昭彰」的他換好衣物，戴上平凡的黑框眼鏡，離開加蓋於頂樓的違章小套房，到公司借了一輛公務車，再開車前往機場。

窗外的風呼嘯著，天邊低低的灰雲迅疾地湧動，變幻莫測，如同他複雜的心情。

「解散了也好。」終日和Alpha混在一起，他其實也不太好過，尤其發情期來時，簡直生不如死。「抑制劑怎麼會這麼貴，還不承認是歧視。果然還是當個平凡又平淡的Beta比較好。」

自言自語了一個小時後，他來到機場的入境大廳，看著滾動的航班時刻表，突然渾身發熱、心跳加速，微微感到一絲暈眩。他在心中喊了聲「幹」，把拿在手上印寫著「鄭黎」二字的A4白紙，對折了三次放入白襯衫的口袋，匆匆忙忙地跑進廁所，幸運的是這間廁所目前空無一人。闕望舒走進最後一間，把門上鎖後，在黑色的帆布側背包裡翻找抑制劑。

只要一發情他就會焦慮、害怕，尤其當信息素從後頸腺體逐漸散發出來時，不堪的回憶如同驚濤駭浪瞬間湧上腦海，闕望舒的眼眶也不由自主地泛起淚光。

「媽的！我記得包裡有一支，怎麼找不到，到底塞去哪兒了？」他低聲碎念著。

一個不疾不徐、不輕不重的腳步聲逐漸清晰。

雖然門扉隔絕兩個人，然而當闕望舒知道廁所裡不再只有自己一個人時，心也跟著越發慌亂。好不容易從包裡翻出來的抑制劑居然從手中滑落，直接從門縫滾出了這狹小的空間。

他想打開門出去撿，但他的雙腿不僅微微發顫，還不聽使喚，只能癱坐在馬桶蓋上頭。

闕望舒從門縫下看見一道黑影徐徐往門板逼近。

男子俯身用指節分明的手指將香菸般大小的半透明的管狀物拾起。他看了看裡頭細長的玻璃瓶沒有破裂後才開口問：「需要幫忙嗎？」

幽微的冷香從門縫飄了出來。腦海閃過一個青澀的身影，他微微失神，悵然若失的表情在輪廓深邃的臉龐停留了幾秒。

男子沒有惡意，只不過對一個快要發情的Omega說「需要幫忙嗎？」，感覺有點曖昧。

人高馬大的他舉起右手，輕而易舉就越過了門板，「你的藥。」

黑色的影子落在淺灰色的褲子上，闕望舒抬起頭望向那一隻善意的手，勉強站起來，伸手從他手中抽走了藥劑。弱弱地說了一聲「謝謝」，但他不知道對方有沒有聽見。

他拆開管子、一口飲盡的同時，聽見陌生人離開的腳步聲，還有迴盪在這充滿消毒水味道空間裡的醇厚嗓音——「不客氣。」

昂貴的藥劑還是值得的。

不用五分鐘藥物便逐漸發揮了功效，他燥熱的身體不再發燙，心跳也慢慢地恢復正常，重點是腺體暫時不再散發出信息素。但他還是不放心，拿出一瓶香水輕輕噴灑，低調柔和的中性香味彷彿春日和煦的陽光，照射在被慵懶翻身的人所擠壓的青草上，因承受不了身軀的重量而滲出了鮮綠又溼潤的味道。

闕望舒深吸一口氣，瞬間安心不少。他迅疾地離開這個地方，只希望要接的人還沒有出海關。

當他把紙張再次展開，一位臉戴黑色口罩、身穿黑色連帽運動套裝、腳踩白色球鞋的高䠷少年，拖著銀色的旅行箱朝他而來。

「你好，我是鄭黎。」

闕望舒盯著鄭黎看了一會兒，俐落的短髮是純黑色，皮膚又白又光滑。深邃的黑眸彷彿剛下過雨的夜空，十分清亮有神，想必口罩遮住的部分也相當出眾。

「你好，我是神駿娛樂公司的闕望舒。我們先回公司，公司會幫你安排住處。」

之前當A+的經紀人兼生活助理時，那些大包小包的物品總是由他負責，所以闕望舒下意識地伸出手想要拉過李行箱。

「不麻煩，我自己來就行。」興許是關係生疏，鄭黎婉拒了他的好意。

連小明星都不算的鄭黎究竟是什麼來歷，可以讓簽約前至少要看上一百回的江駿，就憑著線上那幾面便急著把人簽下。

兩人一同上了車，闕望舒好奇地從後照鏡看著摘下口罩的鄭黎，鼻樑高挺、唇線分明，下頷的弧線近乎完美。闕望舒非常肯定，就憑這張帥臉，往鏡頭下一站，只要一個眨眼、一個微笑，就能擄獲所有人的目光。

他在心中嘆了一口氣，自己已經錯過最好的年代了。

從小就在國外求學的鄭黎突然開口問：「闕先生來接我，這表示以後就是由您來帶我嗎？」

「目前公司是這樣安排的。」闕望舒這三個月都在打雜，看誰需要幫忙，他便會去支援。

如今他這個「資深」的菜鳥經紀人總算是媳婦熬成婆，不用再「收破爛」，但卻萬萬沒想到新人居然個迷死人的Alpha小帥哥。心中感慨萬千，覺得江駿待他和親弟弟沒兩樣，才會把條件這麼好的新人給自己帶。

「闕哥應該大我沒幾歲吧？」鄭黎覺得既然以後抬頭不見低頭見，於是隨口改了稱呼。

「我都快二十八了，和你這小鮮肉無法比。」

「騙人，我怎麼看都不像。你那副眼鏡摘下來立即小了五歲。」

鄭黎在後頭瞧著闕望舒及肩的棕髮隨意收攏在腦後，用黑色的橡皮筋綁著，像開了朵小花似的，側邊的長瀏海就塞在那隻白裡透紅的耳朵後，是個漂亮的人無誤。

和Alpha同處一個狹小空間的闕望舒仍有點不安，用手指摸了摸鏡架，彷彿要確認那層「保護色」還在不在，問道：「你想成為誰？」

踏入這個圈子就該有所覺悟，就該是一場風暴，讓自己無怨無悔。

「我沒有想要成為誰，就只是來做自己該做的事。」鄭黎拿出手機傳了一則訊息——前往經紀公司途中。晚點再聯絡。

闕望舒對他這句話的解讀是：沒有目標就是不排除任何的機會，但要演戲還是唱歌都得好好訓練才是。

他還沒有來得及繼續深入探究，就回到了經紀公司大樓。把車子停好後，兩人搭乘電梯抵達位於八樓的老闆辦公室。

闞望舒敲敲門，「駿哥，我進來了。」

江駿立刻收回擱在辦公桌上的長腿，站了起來，露出一個職業笑容，說：「辛苦了。歡迎你加入神駿娛樂。」他打量著站在面前的鄭黎，不僅臉型漂亮，身形骨架也很好，和A+成員相比更勝幾分。

三人往一旁的沙發移動。

江駿一坐下就自誇般地開口：「我真是寶刀未老啊。」頓了一下，把目光轉向闞望舒，「其實，早在八年前我的眼光就很好。」

闞望舒不說話，只是笑了笑，自動走往一旁的小吧檯，本想沏一壺茶，又覺得年輕人可能不愛，便從冰箱拿了幾瓶飲料放在茶几上，然後在鄭黎的旁邊坐下。

「唱歌和演戲對哪個感興趣？」江駿突然想起他的履歷，「你在網路平台是不是發表過歌曲？」

鄭黎一派從容，完全沒有新人見長官的緊張模樣，「老闆好。歌曲是我朋友發的，好玩而已。」

江駿問：「所以……意思是你對演戲更感興趣？」

鄭黎沒有回答江駿的問題，反而問闞望舒：「闞哥覺得我更適合哪一個呢？」

江駿突然笑了出來，「望仔啊，第一次有人喊你哥，我還真不習慣。」

「我也不習慣。」闞望舒七分欣喜、三分害怕。

有這麼優質的新人可帶當然欣喜；但他同時也害怕那「明星殺手」的封號會影響到鄭黎。萬一……人真的毀在自己手中該怎麼辦？

「闞哥你覺得哪個好？」鄭黎又問了一次。

江駿說：「沒想到短短一個小時的相處，你們都這麼熟了。望仔，你的想法是？」

鄭黎的履歷闞望舒根本就沒看過，今天也是第一次見面，除了鄭黎外在的先天優勢，闞望舒實在對他一無所知。

不了解一個人的話又怎麼能輕易幫他定位呢？

闞望舒想起鄭黎在車上說的話，問：「要不你說一說自己的優點和專業？」

「優點是長得帥，專業是……」鄭黎覺得這樣拐彎抹角實在太累了，實話實說：「其實我就是來做研究、寫論文的。」

突如其來的震撼彈把闞望舒的腦子炸得嗡嗡作響。他目瞪口呆地看著波瀾不驚的江駿，「駿哥，你早就知道了是嗎？」

難怪了！天底下的好事從來就沒有他的份，闞望舒再次被老天爺打臉。

鄭黎第一眼就挺喜歡闞望舒的，不想看他難過，繼續說：「我的論文題目是：『經紀人工作能力與藝人成就之關係』，所以我才來這裡的。」

神經病！闞望舒在心底臭罵。

之前A+雖然是帶了三個月，但他們的工作都是更早以前就談好的，他根本無法抽成，所以這一年他幾乎都靠底薪過日子，也才會一直住在那違章的小套房。

他終於看清現實了。

「望仔，你就幫幫他吧。」江駿笑得很曖昧。

老狐狸！闕望舒有種真心錯付的失落感。

闕望舒皮笑肉不笑，說：「你的論文要是無法完成別怪我。……因為『我』的工作能力和『你』的成就可能沒有任何毛『關係』。」

他直接幫鄭黎的論文下了結論。

「住公司的宿舍嗎？」江駿問。

鄭黎說：「我雖然很『窮』，但是老家就在附近，我還是住家裡就好。」

「不是要『體驗』如何當藝人嗎？住宿舍應該更能了解藝人的辛酸。」闕望舒有意無意地說。

江駿一副輕鬆的模樣，「住哪都行。望仔，你就帶他各樓層熟悉一下，然後送他回家。」

帶了個「假」藝人，闕望舒的日子究竟該如何過？

車子很快就開到一個安靜的小社區。大樓的外觀看起雖然有點歷史，但整體是整潔乾淨的。

他們出示身分後，管理員兼警衛便放行，讓車子駛入地下室。停好車後，闕望舒陪鄭黎搭電梯上樓。出了電梯，映入眼簾的是一堵不新不舊的白牆，左右各有一戶住家。鄭黎往右邊走，從隨身背包裡掏出鑰匙、插入孔洞，並推開又黑又沉的鋼門。

「請進。」鄭黎把行李箱靠在門邊。

闕望舒原以為會看見老舊的家具和斑駁的牆壁，沒想到屋子裡充滿現代感，黑白色調的家具看起來非常簡約時尚，重點是都一塵不染，彷彿有專人定期打掃，等待主人回家。

「這是我的名片。你先休息兩天，我再和你聯絡。」

闕望舒把車開回了公司，然後回家休息。

才踏入套房，還來不及掏出的手機驀地響起，電話一接通，在另一頭的江駿就說：「之前答應當私人助理的活還接不接？人今天回國了。」

闕望舒想起來似乎有這麼一回事。當初A+一解散時江駿就幫他牽了一個私人助理的活，聽說雇主是個從事幕後工作的專業人員，只是這位雇主遲遲沒回國。

答應的事他也不好推掉，因為雇主是透過江駿的哥們程炫清推薦才找來的，推掉除了可能會讓江駿難做人之外，他也知道這是江駿在用自己的方式幫他。

闕望舒再清楚不過，經紀人的工作只是「逃避」或是「過渡時期」，如果他真的能拋棄站在螢光幕前的夢想、下定決心走往幕後，這也是一個好機會。

於是他便應下這個活。

雖然他現在手上有位新人，可惜的是這位新人目前沒有「本事」帶給他任何的利益。

他窮怕了！

「我接。但如果對方不滿意，我也可以辭掉……」這是給自己留個臺階下。

「行！哥相信你的能力。這工作不會要你上繳任何錢的，你安心地收著。還有，注意自己的身體健康。」

「謝謝駿哥。」他沒想到平日總是嬉皮笑臉、沒個正行的江駿注意到了。

既然當了鄭黎的經紀人就該幫他推一把，不然以後苦哈哈的還是自己。忽然之間，闕望舒的腦子裡全都是鄭黎曾經說過的話。

「我沒有想要成為誰。」因為他根本就是來鬧的。

「我就是來做自己該做的事的。」因為他就是來寫論文的。

一想起這兩句名言，闕望舒氣得連自己進入發情期這事都差點就忘了。

身心俱疲的他脫了鞋襪，摘下眼鏡，洗好澡後一頭栽進被窩裡，很快就睡著了，直到隔日臨近中午時才被電話吵醒，但他這次沒有摔下床，摔下去的是他賴以維生的手機。

這麼多年來破天荒的第一次，他居然沒有在發情期作噩夢，而是夢見一隻有著骨節分明手指的大手，他能感覺的到那隻手是溫暖的。他想要看看這隻手的主人究竟長什麼模樣，門一推開……電話便打破了他自認為的美夢。

「不是詐騙集團吧？」他看了一眼陌生的電話號碼。

錯過一通電話，就是錯過一次機會。

他還是接了起來，便立刻轉換成專業的口吻，「你好，我是闕望舒，請問有什麼事？」

「我是冷赫義。」電話那頭的人自己介紹。

「冷赫義?!」這誰啊！我不認識。

話說優良經紀人有四大要素：首先就是要擁有良好的記憶力。記住每個人的名字不難，但闕望舒有點臉盲，凡是長得不夠帥、不夠美或不夠醜的，他都記不住，除非像江駿那樣天天和他見面。

第二，為人不要害羞，要主動出擊。闕望舒天生就靦腆，長大後雖然活潑了不少，但和那些見人就捧、見人就誇的經紀人，或過分踴躍積極抱大腿的藝人相比，他簡直就是個小害羞。

第三，對「人」一視同仁。昨天還是個默默無名的小演員，也許今天就成了大明星；昨日還是個金牌大導演，或許今日就成了過街老鼠，人人喊打。演藝圈太小，而大起大落的事闕望舒看太多了。他秉持著凡事留一線，日後好相見的原則，從不與人交惡，自認為踏入這圈子未曾得罪過人；但清清白白一張紙，還是會有人故意抹黑、蓄謀陷害，他的心其實很痛。

最後一點，還要有敏銳及獨特的眼力，這樣才能為自己、為藝人、為公司，創造三贏的局面。

以上這四點，除了「一視同仁」外，闕望舒恰恰缺乏更為重要的其他三個要素，再也沒有比他這個專門帶C咖的小經紀人更慘的了。

慘歸慘，日子還是得過，活還是得幹。

闕望舒發現手機上方有個未看的新訊息，他稍稍拉下頁面一瞧，發現是江駿發給他的消息：雇主名字是冷赫義。

營業模式的闕望舒上線了。「冷先生您好，請問有什麼可以為您效勞的？」

「能幫我送一份午餐來嗎？」

媽的！又是一個神經病！不會用外送軟體自己訂餐嗎？簡直把他當工具人使用。

沒錯，他就是一個活生生，還使命必達的工具人。闕望舒在心中長嘆一口氣。

「冷先生有什麼忌口不吃的嗎？」他心中雖有不悅，但規則可不能忘，不管他是不是藝人，鬧出人命來都不是開玩笑的。

「沒有，別太辣就行。」

電話裡低沉的聲音好聽歸好聽，但語氣如同高山的冰雪，非常冷，闕望舒還以為自己的耳朵會被凍傷。

「好的，請把地址發給我。」

❀

第一次和雇主見面還是穿得正式一點。

闕望舒的衣櫃裡並不是沒有正式的服裝，只是為了不搶走藝人的風采，他的衣服只能用單調二字來形容——非黑即白。幸好還有幾個藍色調來陪襯，但也都是簡單的款式。

他選了一件丹寧襯衫搭配黑色長褲，喝下抑制劑，接著又拿出草本味的香水噴了一下，最後才戴上眼鏡，安心地出門。

闕望舒從昏暗的七樓走到一樓，推開斑駁的紅色鐵門，刺眼的陽光亮得他睜不開眼。適應了光線，他跨上小五十機車，十來分鐘後來到一間日式小店。

「老闆，一份豪華便當外帶。」他隨手拿了一個擺在架上的鮭魚飯糰，站在店門口就直接吃了起來。

老闆動作俐落，不一會兒的工夫便當就做好了。老闆知道闕望舒並不會吃如此昂貴的便當，戲謔道：「又是幫哪個小明星跑腿啊？」

「這次是幫金主跑腿。」給他錢的就是金主，闕望舒覺得自己說得一點都沒錯。從扁扁的皮夾掏出四百元，又提醒道：「給我一張收據，記得扣掉飯糰的錢。」

老闆又打趣說：「沒見過像你這樣不占人便宜的經紀人。」

經紀人在工作中會接觸大量的現金，闕望舒時時提醒自己這一點，不要貪心、不要占人便宜。這不只是原則問題，也是應該遵循的職業操守。「我只掙自己該掙的錢，不是我的，一毛錢我也不會要。」

「哪天你發達了，我肯定要和你合照一張，掛在店裡漲漲人氣。」

「沒問題，我不會收你代言費的。」闕望舒嫻熟地把袋子掛在機車的勾子上，發動車子朝雇主家出發。

老舊的機車在街道上奮力奔馳，越接近目的地景色便越發熟悉。抵達終點後，闕望舒並不是因為認出了警衛所以想起自己昨天才來過，而是後知後覺地看著手機上的地址，發現居然和鄭黎的一模一樣，唯有A、B室之別。

闕望舒把機車停在警衛室一旁的臨時停車格裡，微笑說：「警衛大哥你好，我找十二樓A室的冷赫羲先生。」

「闕望舒先生是嗎？麻煩出示一下證件。」

他再次確認這棟大樓雖然老舊，但安全管理還是做得很不錯。他遞上證件，左顧右盼周邊的環境，單純而寧靜，他也非常喜歡，心想這房子應該也是天價，不知道自己奮鬥一輩子是否買得起？但他現在還是想想怎麼填飽自己的肚皮比較實在。

警衛登記好資料，闕望舒便提著午飯上樓，帶著微笑按下門鈴，不用幾秒大門就打開了。

純白的棉質上衣貼合在微微起伏的胸廓上，掩藏不住這身衣物主人的好身材，淡淡的陽光味道也從冷赫羲的身上散發出來。

闕望舒趕緊把視線往上挪到冷赫羲的臉部，高挺的鼻樑，深邃的五官，一雙狹長的眸子美若寒星，可惜那雙眼眸中沒有絲毫溫度，冷得讓人感受到一股莫名的壓迫。

「進來吧。」低沉的語調卻和這人的氣味恰恰相反，冷冽得很。

闕望舒沒想到世界上居然還有反差這樣大的Alpha。

對，這樣的人只能是Alpha。

「請坐。」冷赫羲招呼道。「不介意我一邊吃一邊談吧？」

「不介意。」闕望舒發現這房子和鄭黎的那套一模一樣，只不過格局是反轉的。裝潢和擺設都是樸實的木質製品，給人一種舒適又溫暖的感覺，和眼前這位淡漠的大帥哥大相逕庭。

冷赫羲打開了飯盒，九宮格的餐盒內有壽司、生菜沙拉、炸物、煮物、鮮蝦和豬排，另外還附一碗味噌魚湯。

「要不要一起吃一點？這菜色也太豪華了。」冷赫羲唇間勾起一抹淺笑，這一抹紅像是黑白水墨畫中一筆生動的重彩，冷峻的眉眼瞬間轉換成儒雅無害，還帶上幾分稚氣。

闞望舒被這個無害的微笑給迷惑了，心中只有幾個大字——我的天菜！

不對，我是來工作的，不是來談戀愛的。這麼帥氣的Alpha肯定有一個愛他的Omega。

冷赫羲一邊吃一邊打量闞望舒，臉蛋小巧、五官精緻漂亮，而且膚如凝脂。這樣的顏值，擺在哪裡來看都相當引人注目，為何他會選擇當藝人身後的推手呢？看著隱藏在鏡片下的蜜糖色眸子，總覺得這雙眼睛似曾相識。

「冷先生。」闞望舒看著冷赫羲俊俏的臉龐，把一路上在腦子裡組織好的言語全都忘得一乾二淨，停頓一下才又繼續說：「接您的工作之前，我的手上並沒有藝人，但不巧的是，新人昨天突然來報到了。如果您的工作非常重要，我怕自己不能讓您滿意，也許……您可以考慮其他人。」

一塊鮮嫩的竹筍卡在喉嚨裡，冷赫羲眸色一沉，「沒關係的，工作時間你不需要跟著我，我只想下班後能有人幫我處理一些瑣事，但這份工作沒有經驗的人做不來的。」

究竟冷赫羲是從事什麼職業，闞望舒真的好奇了。

他發現茶几上有一疊紙，看起來像是劇本的樣子，紙上放著一部白色的手機，沒被手機遮蔽的地方還印著「編劇：冷赫羲」幾個大字。

原來他是神祕的編劇兼作家啊！

闞望舒打起他的歪主意。

「冷先生是不是編劇？這劇最近要拍電影還是電視劇？」

是冷赫羲疏忽了。他瞄了劇本一眼，「拍電影。怎麼，你有興趣？」

「有有有。」趁這個時候能把鄭黎推銷出去，他覺得自己實在是太幸運了。「需要什麼樣的人選？」

「男的，人一定要帥。」

靠夭！這有說和沒說一樣。

「能再多透露一點嗎？」闞望舒露出了渴望的小表情，這個表情既能激發人們的同情心卻又不會給人矯揉造作的感覺。

「內幕消息……會有一場試鏡海選。」冷赫羲希望能透過這次海選，找到無緣見上一面的他。

「這是午餐的收據。」闞望舒打開皮夾把單子放在桌上。他希望大編劇能馬上給他錢，不然他今晚得喝西北風了。

冷赫羲瞧他一副可憐兮兮的模樣，便拿出一張千元大鈔，「剩下的你先記著。」

闞望舒點點頭收下紙幣，「冷先生如果沒有其他的事，我先回去了。」

「等一下。」冷赫羲想再多看這雙清澈的眸子一眼，「你是Omega嗎？」

闞望舒緊張地僵住身子，過了幾秒才徐徐說：「我不是。」

「對不起，是我冒昧了。」

「沒關係。」他還以為自己的信息素散發出來，被冷赫義看穿了。「我是Beta。」

一個平凡的Beta。闞望舒自我催眠道。

他離開冷赫義的房子後並沒有去敲鄭黎的門，而是直接搭電梯下樓，正要發動機車離去時，警衛卻走出管理室。

「這是大樓的門禁卡，你以後就自己上樓。」

闞望舒點點頭收下了卡片，然後打了一通電話給江駿，「駿哥，你找我。」

「如何？冷導……我是說冷先生人帥嗎？」江駿發現自己說錯話，立即改口，「他的為人如何？」

「是長得很帥，感覺起來比我小的樣子。人沒什麼不好，就是覺得有些冷淡。」

怎麼感覺在相親似的。

闞望舒又說：「他還問我是不是Omega，差點嚇死我。駿哥，這事你不會和別人說吧？」

「哥肯定站在你這邊，不會害你的。聽說他才大學畢業一兩年，年紀比你小，你就多擔待。相處的時間久了，應該不會對你那樣冷淡，畢竟我們家的望仔最可愛了！」

闞望舒覺得再和江駿扯下去，說不定天就要黑了，「沒事我掛了。」

「等等。」江駿急忙阻止，「冷先生說薪資會在月初直接打入你的帳戶。你可別全部寄給老人家，留一點在身邊。」

闕望舒回覆一句「知道了」就掛斷電話。他想著先回家去，還是上藥局再買幾支抑制劑。

手機「叮咚」一聲，他點開一看，是銀行的入帳通知。他看著一串數字數了數，發現和當初談的金額不符，不是短少，而是足足多了三萬元。

他正想打電話給冷赫羲問個清楚，沒想到他就傳來一條訊息：如有支出，請直接從三萬元裡提取。讓你先墊費用，我很抱歉。

這是什麼鬼呀！

闕望舒第一次因為幫別人代墊費用，而得到對方的道歉；他真的覺得這位冷先生其實也有點可愛，說不定接觸多了也會感受到他的溫暖。

不用抱歉。薪資我收到了，謝謝您，偉大的編劇大人。闕望舒編輯完畢，按下傳送。

秒讀！不是吧！闕望舒有點小吃驚。

冷赫羲回道：編劇大人不稀罕。我更期待其他的稱呼。

闕望舒看著這九個字足足有三分鐘之久，他實在不敢去揣測冷赫羲的意思。編劇嘛，玩玩文字遊戲，專門耍他們這種單純的生物罷了。

他把手機收入口袋，騎車直直往藥局去。

闕望舒拿出醫生開的處方箋，「請給我一打抑制劑。」

藥劑師提醒道：「你的處方箋快過期了，該去看醫生開張新的。總共一萬二。」

「一次買一打沒有折扣嗎？」

「你當買糖果嗎？買還是不買？」

「買，當然買。」沒有抑制劑闕望舒到底要怎麼活呢？

還是真的該找一個Alpha當伴侶，沒有Alpha那Beta也是可以考慮。

接下來這幾天鄭黎沒有找他，冷赫羲也沒有找他，就連江駿也沒有找他，他獨自一個人度過了發情期。

這幾日他再也沒有作噩夢，噩夢被那隻無名的手取代了。

他渴望那隻手能碰觸自己，他捉住那隻陌生又熟悉的手，臉頰在大掌裡輕蹭。溫暖的陽光氣息，從手心傳遞到他的鼻腔、他的肌膚、他的血液裡，發情期的尾聲，他的身體卻沸騰了起來。

他終於捨棄昂貴的抑制劑，自我安慰起來。

他褪去褲子，一雙白皙勻稱的長腿微微曲起，棉質的上衣被撩起，露出了瘦到出現兩條分明馬甲的腹部，手慢慢地撫上孽根，輕輕地摩挲……但他還想要更多、更多。

外頭忽地下起大雨，打在加蓋的瓦片上，滴滴答答。

闕望舒的世界已然煙雨濛濛。

他迷離的眼神就像窗外濛濛的雨絲，腦子一團混沌，能想起來的就只有那一隻手。

情慾湧動，梅花香的信息素逐漸在這狹小空間漫開，霜白的梅花抹上一道色彩，直至豔紅。

風雨交加的一夜過去了。

闞望舒許久沒有感到身子如此舒暢，頭腦如此清醒。

他一早去到公司，江駿就拿了一本劇本給他。

「你看看公司有條件適合的人選嗎？」

闞望舒接過《心跳》的劇本，「真的要海選嗎？」

「聽說導演是個新面孔，雖然學生時代就得過許多獎，但在國內沒什麼名氣。所以資方才會砸大錢，廣邀演員試鏡。」

「男主角也沒屬意的人選嗎？」闞望舒覺得這個操作實在太違反常理——有錢也不是這樣花的，金主的想法常人無法理解。

「沒有，從男一、男二……都要參加試鏡。你覺得小齊如何？」

闞望舒發現演員居然有年齡限制，「小齊，已經三十了，還是差個兩歲沒關係，劇組不會要查身分證吧？」

「柏展如何？」

「他手上已經有兩部電視劇了，估計挪不出時間來。」

「你怎麼這麼清楚，他們又不是你帶的。」

「我之前都給他們跑腿打雜，難不成駿哥你忘了嗎？」

「就新來的那個……鄭黎，讓他去試試。」

「他就是個素人，能行嗎？」

「就讓他去試，不是說要十八到二十八的小鮮肉，他正合適。不去，他怎麼寫論文呢？」江駿說完就把闕望舒趕了出去。

沒法了，闕望舒只能讓鄭黎來公司一趟；可是手機卻傳來訊息。

冷赫義：幫我送一份午餐。

闕望舒：要吃什麼？

冷赫義：麵吧，很久沒吃麵食了。

闕望舒：收到。牛肉麵行嗎？

他一直看著手機，但冷赫義遲遲沒有讀。他也沒有時間在這瞎耗，帶上劇本買麵去。

半個小時後，闕望舒把麵送來，人便急著離開。

冷赫義問：「不坐一會兒嗎？」

闕望舒說：「我要去和我家的新人談談，讓他去試鏡。就是您的大作《心跳》。」

冷赫義喝了一口牛肉湯，又吃了一口麵，「試鏡一切公平公正，你不用替他說情。」

他都還沒答應要徵選呢！

闕望舒笑說：「真的不給說情，真的不能靠關係？」

「導演，最討厭靠關係不靠實力的演員了。」

「難不成『編劇大人』認識導演？」

冷赫義差點被湯嗆到，「你要不要也來參加，我推薦你。」

不是才說不靠關係嗎？這人怎麼這麼沒有原則。

「冷先生，我得走了，有事再聯絡我。」闕望舒說完便轉身離開，然後走向另一頭、按了門鈴。

鄭黎一副輕鬆的模樣，「『麻雀』哥，今天不是來和我談演藝生涯規劃的吧？」

「我什麼時後變成『麻雀』了？」

「今天、剛才，我覺得麻雀很可愛，挺適合你的。你手上的是劇本嗎？」

闕望舒把本子給他，「黎子，你去試鏡。」

「不去。我怎麼就成了『梨子』？」

「黎子聽起來挺親切的。你不去怎麼寫論文？」

「我討厭這個編劇。」他一臉不屑。

「你認識他？」

「認識。他在K國『惡名昭彰』，寫的每一部劇都爆難看。」

「我覺得還挺感人的。」

鄭黎嘴角微微抽動，險些藏不住笑意，「那不如你自己去。」

「你一定要去，就算沒選上也沒關係。」

「我去了鐵定上；但我討厭導演。」

「你知道這電影的導演是誰？我怎麼不知道？」他雖然只是個小小經紀人，但還是知道一些內幕和八卦的。

「這編劇和導演是一卦的，『他』的劇本，導演也一定是『他』。」

「就『周南禮』這個男三，你好好琢磨。」

試鏡當天，要是鄭黎不肯去，他架都得把他架去。

接下來闕望舒幫鄭黎找了一位表演老師，一直到試鏡日之前，鄭黎全都在惡補表演基礎課程。

闕望舒也沒閒著，翻出了鄭黎發表在網路的歌曲。按江駿的意思是想把這首原創作品重新編曲、重新填詞，再公開發布、試試水溫。

說也奇怪，這段時間冷赫羲都沒讓他去送餐。闕望舒有幾次去找鄭黎時，特地去敲了他的門，但都無人回應，他差點就要懷疑自己是否精神分裂了。

而此時的冷赫羲正在高級西餐廳裡和朋友聚餐，享用著美味的牛排。

程炫清問：「小助理還合用？」

冷赫羲笑答：「挺好相處的，做事也乾淨俐落。送來的飯菜還特別好吃。」

程炫清又問：「找到你要找的人沒？」

「還沒。我只知道他的年紀應該比我大，還是個Omega。」試鏡人員名單冷赫羲已經看過一輪，不是年紀不符，就是身分別不對。

程炫清提醒道：「或許他已經不在這圈子，又或許他刻意隱藏自己的身分。你這樣和大海撈針沒兩樣。」

冷赫羲也是想藉著試鏡這個機會賭一把，能找到人最好，如果找不到人電影他還是會認真拍的，「不會害你賠錢的。」

「我對你有信心。」他喝了一口紅酒，「如果真的在這圈子找不到人，改日幫你在各大平面和數位媒體登個尋人啟事，保證全國的Omega蜂湧而至，萬人空巷。」

冷赫羲笑了笑，「別做這麼幼稚的事。」

2

你願意付出任何代價幫他爭取這個角色嗎？

某酒店的小型會議室就是這次《心跳》的演員徵選地點。場地已經布置完成，攝影機也連接至螢幕上。

冷赫羲和選角導演一同來到試鏡室。冷赫羲說：「國內的演員我幾乎不認識。麻煩王導了。」

「別和我客氣。炫清投資的片，我總不能讓他虧錢。倒是你，招募演員居然不讓別人知道導演是誰，你這是逆向操作嗎？」

「我就是個新手導演，應該沒人衝著我來，但劇本好或許能吸引一些人。真的不是搞噱頭。」

「就算之前保密工作做到家，但今天他們見了你的面之後，日後衝著你來的可能有如過江之鯽。」王導笑了笑，「導演長得太帥可是很麻煩的。」

「就算我再帥，拍個爛片照樣沒人買單。」冷赫羲是怕自己要是搬出在國外那一套，肯定連隻螞蟻都不會上門。

隔壁另一間會議室是演員休息室，裡頭的人很多，他們都是來角逐「周南禮」這個配角的。一眼望過去幾乎都是名不見經傳的小演員，就是沒看見紅牌的大明星。

試鏡演員一個接一個進去，冷赫羲在演員徵選試鏡資料表一個又一個叉接著畫；很快地，上午的試鏡時間已經結束，工作人員到酒店餐廳用過餐之後，又馬不停蹄地接續下午的試鏡。

王導說：「我覺得這個小子行。他之前演過很多小配角，可惜沒機會演一些戲分重一點的角色。」

「如果後面沒有更適合的話，這倒是個不錯的人選。」冷赫羲也同意地點點頭。

他這次回國拍戲，只有帶來攝影師，劇組團隊都程炫清幫他找來的。所以選角這事，更要親力親為不假他人之手。

他拿著筆時不時在資料上註記，表情還非常凝重。

不苟言笑的冷赫羲就算長得一張帥臉也沒用，小演員看見他就像小鬼見閻王一樣，念個台詞都結結巴巴。

忙碌一整天居然沒有找到理想人選，也沒見到自己想找的人，冷赫羲整個肩膀下垂，帶著幾分失落。

只剩三位了，找個配角都這樣困難，那主角又該怎麼辦呢？

工作人員喊道：「第十九號，鄭黎。」

聽見這個名字，冷赫羲突然抬起頭來，暗下去眸子也亮了起來，就像蟄伏在草原裡準備狩獵的豹子。

工作人員又喊了一次：「第十九號，鄭黎。」

走進來的人不是鄭黎，而是闕望舒。

冷赫羲看見闕望舒就笑了。

王導好奇地問：「你認識他？」

冷赫羲淡定地回應：「不認識。」

「我倒是認識，幾個月前A+解散時被人推出來的小炮灰。」

「這麼慘，那他人現在為何站在這裡？」冷赫羲明知故問。

「聽說他最近帶了一個從海外回來的小明星，人長得超帥的，你看了一定會喜歡。」

工作人員聽完闞望舒的話急忙跑過來，一字不漏地轉達：「鄭黎剛好進了廁所，麻煩導演和編劇再等一下。」

王導又笑了，「赫羲你聽聽，人家把我當導演，你倒是成了小編劇。」

「劇本本來就是我寫的，他說得一點也沒錯。」他沒想到闞望舒這麼傻啊！

闞望舒看見冷赫羲朝自己點頭，他就急忙跑去廁所，門一推開，便看見鄭黎賭氣地靠在牆邊。

「我的小祖宗啊，你到底去不去試鏡？」

「不去就是不去。」

「你是怕沒選上才不去的吧。」

「其他的都好說，這電影就是不行。」

闞望舒真的無言，早知道就不大費周章把人騙來酒店用餐，還白白損失兩千大洋。他恨啊！

他默默地走出廁所，只能去跟導演和編劇道歉，但這事要是傳出去，以後要找合作的幾會就更難了。

闞望舒不知不覺已經走回試鏡室，推開門，鄭黎突然就像一陣風和他擦身而過，一副心不甘情不願地站在燈光下，「兩位導演好。」

就在鄭黎開口的同時，闞望舒身後的門被關上了，他還沒從「兩位導演好」的震驚中回神，暫且帶著複雜的心情，安靜地待在遠處看著這位小祖宗搞砸一切。

王導說：「演些什麼吧。」

鄭黎看了眼前架好的畫架和圓凳，直接在場中央的圓凳坐了下來。他拿起擱在橫條上的炭筆，生氣地在白色的畫紙上寫了三個字——王八蛋，然後站起來，大長腿不耐煩地踹了畫架一腳。

「砰」的一聲，把全場的工作人員都嚇了一跳，連闕望舒都以為他在鬧脾氣。

鄭黎停了好幾秒，回眸看向鏡頭，鏡頭下的他，眸色深沉，俊俏的臉龐下醞釀著不甘又無奈的怒氣，隨後毫不戀棧地轉身離開。

站在門口的闕望舒怎麼攔都攔不住他，只能走到兩位導演面前深深一鞠躬，「抱歉，浪費了大家寶貴的時間。對不起。」

沒想到鄭黎又走了進來，不是對導演們抱歉，而是對闕望舒說：「麻雀哥，我演得很糟嗎？不然你為什麼要給他們道歉。」

闕望舒突然領悟過來，原來從打開門那一刹那，鄭黎不耐煩又生氣的模樣都是在「演戲」。

王導說：「演得不錯。」

冷赫羲攤著臉，冷冷地說：「不是演得好，根本就是本色演出。」

鄭黎有股想罵人的衝動，「冷大編劇的劇本，果然只有冷導才能勝任。」

不愧是閱人無數的選角導演，一下就察覺了祕密。他說：「你們認識嗎？還是這個角色就是替你量身訂做的？」

闕望舒聽見兩人的對話本來有點懵，但回想起鄭黎拿到劇本那天說過的話，和表現出的種種抗拒的情緒和排斥的行為，一切就都說得通了。

這兩人肯定早在K國就認識，不然怎麼會一前一後回國，會不會他們的關係就是「相愛相殺的Alpha」？

闕望舒覺得自己要瘋了！

我不能讓鄭黎知道自己去當了冷導的私人助理，也不能讓兩人在大樓碰面，要是他們真的吵起來的話，一定是頭條中的頭條。

闕望舒突然覺得NG或甚至是吊鋼絲都不算什麼，守著祕密才真的讓人生不如死。

試鏡結束後，闕望舒就把鄭黎載回家了。

他一路上想了很多，明星可以炒緋聞，但不可以談戀愛。如果真的談了戀愛，那絕對不能始亂終棄，否則落入渣男的坑，永不翻身。

厚重的大門一鎖上，闕望舒立刻開口問：「你認識冷赫羲？」

鄭黎覺得他問的就是廢話，「在K國的電影圈應該沒有人不認識他。」

「那你們是什麼關係？」闕望舒直白地問。

「有關係也沒關係。」鄭黎說的可是實話。

「別和我瞎扯，要是什麼作品都沒有就開始炒緋聞，我覺得這樣不太好。」

鄭黎愣了幾秒，「現在不該是關心我有沒有被選上嗎？」

闕望舒逕自走到明亮又寬敞的廚房，打開冰箱拿了瓶果汁就喝了起來。「你不說你一定會上嗎？就剛剛那些狀況，冷導都沒說話，我猜他一定很喜歡你……的演技。你自己好好想想，我走了。」

「就這樣走了？」

「不然你還指望我請你吃晚餐嗎？哥我沒錢，你不接點活，咱倆都得喝西北風過日子，懂嗎？」

闕望舒把瓶子扔進垃圾桶，走到大門前，轉身道：「要不要搬去公司的宿舍住？」

他真的怕鄭黎一不小心就撞上冷赫羲。

「住宿舍沒隱私。」

當明星的哪一個有隱私了，隱私這東西從來就不屬於你，醒醒吧孩子！

「你住這裡都不用繳費嗎？」闕望舒又想到鄭黎說自己很窮。

「我母親會處理的，不用花我的錢。」

沒戲了！獨角戲闕望舒也唱不下去，門一開就離去。

他按了冷赫羲的電鈴，沒有人回應，走到電梯前，就看看他提著大包小包的東西從電梯裡走出來。

「我幫您，冷導。」他接過一袋物品，方便冷赫羲開門。

門一落鎖，冷赫羲就問：「你是關心我有沒有吃晚飯，還是關心你的小明星有沒有被選上？」

「別提他了，我當然是關心冷導您啊。」想問的問題問不出口，他只好說：「我先走了。」

特地等我回來，還不老實！

也許是這些日子都沒碰面，冷赫羲還挺想念他的，是比朋友更上一層樓的那種思念。

「一起吃火鍋，我買了很多菜。」冷赫羲平凡親切的用詞，就像邀請一位熟稔的朋友。

闕望舒的肚子確實也餓了，「謝謝冷導，改日我請您吃飯。」

他很乾脆地洗起食材來，冷赫羲也沒管他，拿了鍋子直接把酸菜湯底倒入鍋中，蓋上蓋子，按下開關，就去廚房把闕望舒洗好的食材都拿到餐桌來，然後他又拿了幾瓶啤酒擺在桌上。

鍋子裡的湯底已經沸騰，冒出陣陣微酸的味道，他們放了一些青菜和肉片進去。

「冷導，鄭黎他……您用還是不用？」

「你說呢？」

您讓我怎麼說呀！

「我覺得他天生就是吃這行飯的料，」他殷勤地幫冷赫羲盛了一些菜，「您不會因為『你們』的關係而不給他機會吧？」

冷赫羲的臉色突然變得有點難看，「他告訴你，我們的關係了？」

「沒有。但明眼人都看得出來你們認識彼此。」既然身為鄭黎的經紀人，還是弄清楚他們的關係比較好，免得哪天真的從娛樂頭條爆出來，令他措手不及。

蒸騰的水氣，讓埋頭苦吃的闕望舒的鏡片蒙上了一層霧氣，他覺得有些礙眼，隨手把眼鏡摘下來，擱在桌子的角落。

眉眼之間的阻礙被除去，五官的線條立即分明起來，漂亮的蜜糖色眸子澄澈無垢，像遼遠山林裡天真的小鹿。

難得的風景，冷赫羲靜靜地欣賞了好一會兒。

看越久回憶越清晰，看越久越無法自拔。他想在這眉眼間印上一個吻，他想看那動人的眼睛為自己染上一抹潮紅。

闞望舒把不斷散落的瀏海直接塞到耳後，繼續吃東西，以避免因無話可聊而覺得尷尬。

把人瞧仔細的冷赫羲，發現闞望舒完美的眉峰上有一道細微的傷痕，「眉骨那裡怎麼受傷的？」

闞望舒摸了摸眉毛，「高中時和人打架受的傷。」

冷赫羲的神色有些複雜，「我覺得你不像那種人，肯定是被人欺負了。」

闞望舒不知道為什麼就是有點在乎鄭黎和冷赫羲的關係，不搞清楚這事，他的心口彷彿堵著什麼東西似的，於是便略過了冷赫羲的話，欲言又止道：「您和鄭黎……」

「他是我的學弟。」冷赫羲說的是實話，但他看闞望舒似乎不太相信，又說：「我們的家長也彼此認識。」

闞望舒總覺得這話聽起來哪裡怪怪的，不過也只能暫且持保留態度。

「他究竟能不能拿到『周南禮』這個角色？」

「你願意付出任何代價幫他爭取這個角色嗎？」

一口青菜卡在喉頭，他差點嚥不下。「冷導您這句話是什麼意思？」

「就你想的那個意思。」

「……！」闞望舒覺得他只是在騙人，「冷導，我看您不像這種人，您就別耍我了。」

「要是我沒要你，你就讓我『潛』嗎？還有，說話不要用敬語，我又不是七、八十歲的老頭子。」

這人今天怎麼怪怪的，難道是試鏡選角不順利的關係？闕望舒在心底打了一個大問號。

「吃肉，再不吃肉就老了。」闕望舒幫他裝了滿滿一碗的肉。

「望舒。」冷赫羲突然放下筷子，表情很嚴肅，但聲音聽起來很無辜，「我的易感期快來了。」

「我會離你遠一點。」他這次沒有把他當老頭。

「你誤會我的意思了。」

這下子換闕望舒放下碗筷端正而坐，他沒想到好好的一頓晚餐竟吃成了散伙飯。

鄭黎和他相隔一天而來，會不會也相隔一天離去？

他認了！

闕望舒伸手要拿眼鏡，冷赫羲的手驟然覆蓋上來，這個熱度彷彿夢中的那一隻手，帶給他無限溫暖。沉醉在夢中的闕望舒愣了好幾秒才反應過來，他想抽出手，卻被冷赫羲死死握住。

「冷導，請您放手！」他垂下眼眸，長長的睫毛在眼瞼處投下一道淺淺的扇形。

「望舒，我想請你陪我度過易感期。」

闕望舒覺得這個Alpha一定「酸」昏了頭才會這麼說。

「冷導，我覺得你還不如潛我比較快。」他開玩笑道。

「我是認真的。」冷赫羲站了起來，龐大的黑影籠罩在闕望舒的身上，「我對藥物過敏，所以『一般』的抑制劑不能吃。」

「你之前是怎麼度過的？」闕望舒就是心太軟，所以沒聽見重點。

「基本上能不出門就不出門，我對自己的自制力還是有點信心的。」

這樣的日子太難熬了，闕望舒再清楚不過，但和冷赫羲在一起，他的身分遲早會被識破的，屆時他又該怎麼辦？

「先坐下來吃飯吧。」闕望舒有些無奈地看著冷赫羲，直到他坐下來，「能給我一點時間考慮嗎？」

考慮就代表有希望。

冷赫羲的語氣有點興奮，「三天，還是十天？」

「如果我陪你度過易感期，那……」被握住的手已經發燙，他掙扎地把手抽回，「我們究竟是什麼關係？」

「你當然是我的伴侶。」冷赫羲說得情真意摯，見他沒反應，只好退一步，「我可以給你兩倍——不，三倍——或是更多的薪水。」

「我豈不成了出來賣的。」

「還是你想要我直接包養你？」

闕望舒笑了出來，這個笑帶點苦、帶點不甘，感覺命運總是捉弄他，要是八年前他也願意被潛、願意被包養，說不定他早就是紅透半邊天的大明星了。

「赫羲，」闕望舒輕輕喊著他，語氣中盡是奢求，「我不想被潛，不想被包養，也不想這場愛只是一個交易，我只想談一場真正的戀愛，你能給嗎？」

闕望舒不慌不忙地拿起眼鏡戴上，隨後站起來，「你好好考慮。如果你願意，我就願意。」

闕望舒離開了，留下一桌子的菜，可他沒心情擔心冷赫羲是不是吃得下，現在的他只想一個人靜一靜。

面對熱騰騰火鍋的冷赫羲並沒有闕望舒想像中那般苦惱，反而是心花怒放地大塊朵頤。

在闕望舒問出口時，他差點衝動地說「我願意」，但是他不能，只能假裝不心動，反應太激烈的話，可是會嚇跑靠近陷阱的小鹿呢！

他一個人慢悠悠享用勝利的饗宴，直到十點鐘。

電話鈴聲打破了夜晚的寧靜。

「媽，這個時間點您怎麼有空？」K國現在可是最忙碌的上午十點鐘。

「小羲啊，電影籌備得還順利嗎？」

「還行。」

「我給你寄了抑制劑，空運的，應該過幾天就會到。你和你弟一前一後離開，我真有點想你們。你在那邊要好好照顧他。」

「他有專人照顧，您不用擔心。」

「嗯，有事情就找你小舅，你們都別讓人欺負了。」

「我知道，您放心。」

一覺醒來，八卦緋聞滿天飛！

冷赫羲只是冷冷地看著手機上的娛樂大頭條，覺得這樣的炒作手法實在太粗暴，嗤之以鼻，然後就去試鏡現場。

小小經紀人闕望舒就沒有如此從容自在了。

他一邊煩惱著冷赫羲何時會給自己答覆，一邊還得面對從天上砸下的鍋。他只能把鄭黎拖來經紀公司和江駿面對面坐著。

闕望舒照本宣科地念著：「史上顏值最優的Alpha導演。」

這點闕望舒沒法否認，因為他正是自己的理想型，也是千萬粉絲的夢中情人。

「學生時代在K國就囊括許多著名大獎：最佳學生導演、最有潛力新銳導演，還有最佳編劇。他這麼厲害，當初選角時怎麼不大肆宣傳一下，說不定影帝也會上門。」

「影帝都是超過三十的大叔。」鄭黎聽得有點煩躁，吐槽道。「別再說冷導的豐功偉業，說說他們是怎麼寫我的。」

「空降小惡魔、火爆的小小小明星、追愛千里的Alpha……」闕望舒放下手中的平板，悠悠道：「前面兩個都不是真的，你別傷心。」

鄭黎一點都沒被安慰到。他開口問：「哥的意思是『追愛千里的Alpha』就是真的？」

「至少是深情的形象。脾氣暴躁也還有得救。」如果被寫成渣男，那真的無力可回天。

好奇心驅使，闕望舒又拿起平板繼續看下方密密麻麻的小字。

「……兩A相逢必有一O。冷導全場微笑面對火爆小惡（O）魔，這就是愛！」

「為何我就是O？」鄭黎氣瘋了！

老闆江駿安靜地看完這幾條娛樂八卦，沒有打算滅火，只是平靜地說：「小梨子，你要紅了！」

「駿哥，我們不該澄清一下嗎？」闕望舒不明白地問。

「對啊，他們分明是斷章取義，看圖說故事。我哪是那樣子的人，還我清白。」鄭黎依舊氣呼呼。

演藝圈江駿可不是混假的，他直接挑重點說：「冷導的反應如何？他發文澄清了嗎？你們覺得他會讓工作人員把試鏡內容外流嗎？」

「不會。」鄭黎斬釘截鐵地說。

闕望舒就不知道他為什麼如此賭定。這兩人的關係果然不一般！

江駿拍拍大腿又說：「告訴你們一個祕密，但我覺得可能已經不是祕密了。《心跳》的投資人是程炫清，冷導的工作團隊也是程總幫他找的，我這話說的夠明白了嗎？」

鄭黎一聽見「程炫清」這三個字就嘆了一口氣，「我還是去發幾張帥照，挽救一下我的顏值。截圖的人就不能挑點上鏡頭的嗎？」

「黎子你這是……。」闕望舒覺得江駿說的不錯，況且程炫清是江駿的好朋友，沒必要搞神駿旗下的藝人的。「我知道了，人家冷大導演都沒說話，我們就是個還沒冒出頭的新人，澄清個屁，到時候別人會以為是我家小梨子想紅想瘋了，才故意這樣炒作，我就不管它了。」

「……」鄭黎無言，「麻雀哥你別這樣，要是能選上，我肯定好好演。」

「做人說話可得講信用，你千萬別欺騙我的感情，我最討厭被騙了。」

本以為要下一場滂沱大雨，一陣陣的風吹來，窗外灰濛濛的雲朵忽地飄遠、散去，露出明媚的陽光來。

要是以前，闞望舒只看新聞報導，很少看下方的留言，但現今，粉絲的想法可是非常重要，導致他不看都不行。鄭黎也好奇地湊過來，看著新聞底下鄉民和粉絲的留言。

淘氣小惡魔：冷導的顏值是Alpha的天花板。（請潛我！）

第一則留言就如此火辣，闞望舒心情特別複雜。複雜歸複雜，還是得往下繼續刷。

只愛梨子：黎子弟弟好萌，唱歌好好聽。耳朵懷孕了！（附上影片連結）

甜不辣：兩A相逢必有一O，真香！我嗑了！

來自星海：裝A的O怎麼可能再找A？（過來人的真情告白）

妥妥是個A：可愛的信息素在哪裡？

平板螢幕突然暗了下來。

闞望舒說：「我嗑得正開心，你幹嘛把它關掉？」

「我怎麼就是裝A的O了？這些都什麼跟什麼？」

青色的梨子、黃色的梨子闞望舒都見過，就是沒見過紅色的「黎子」，他拍拍鄭黎的肩，「這些都還是客氣的、無傷大雅的。習慣就好，習慣就好。」

「我要退出演藝圈。」鄭黎信誓旦旦地宣告。

「你都還沒正式出道呢！」闞望舒打槍道。

鄭黎十分無奈，在心中暗暗腹誹：早知道就不回來了。冷赫羲你這個王八蛋！

翌日，空蕩蕩的試鏡場地只有冷赫羲和王導坐在那裡閒聊。

王導說：「上午這齣應該是沒戲了。」

冷赫羲同意他的說法。今早的八卦一爆，本來應該還有三位演員要試鏡的，卻都沒有來。說：「他們肯定覺得鄭黎被內定，不來了。好好的試鏡都被程總給搞砸了。」

「上午提早收工也是好事，下午還有重頭戲。」

下午就是徵選雙男主中的「韓語非」，這個角色有身分限定，非Omega不可。然而冷赫羲的手上只有三張薄薄的資料。

演藝圈不是沒有Omega，但Omega演員確實不多，因為拍電影和拍電視劇的時間長，時間一長難免遇上Omega的發情期，Omega發起情來不只自己難受，連帶也影響劇組的工作情緒，日子久了，Omega進入演藝圈，第一個考慮的不是歌手就是模特兒，所以Omega在電影圈寥寥無幾，更別說成為頂級的大明星了。

少數的Omega明星——常瑾心正慵懶地斜臥在黑色的皮沙發上看今日的娛樂頭條，私人助理阿寶也在一旁伺候著。

常瑾心戳了戳平板那張帥臉，說：「這個人看起來有點眼熟。」

阿寶說：「上次我們在餐廳看見和程炫清吃飯的人就是他。」

「程氏集團的程總嗎？」

「當然。」

本來以為這電影只是裝神祕、搞噱頭不讓人知道導演是誰，沒想到幕後的金主居然是程炫清。這個程炫清在商界可是呼風喚雨的能人，要是攀上這棵大樹，常瑾心要什麼有什麼，也不枉費努力了十年，總算能躍上一線，成為眾人注目的焦點和欣羨的對象。

「我先去洗個澡，你找出合適的衣服來，我要趕去下午的試鏡。」

寬敞又豪華的浴室，有一座雙人浴缸，但常瑾心現在沒空泡個梅花精油澡，只能按壓梅香的沐浴用品，搓著頭髮，洗著身體，他就是想讓身體散發出如梅花般的香氣。

常瑾心一出浴室，助理馬上遞來面膜，面膜一敷上，又立刻拿起吹風機幫他吹起頭髮來。

「別吹了。」常瑾心突然阻止道。

小助理不明白，問：「不用美美的去見導演大人嗎？」

他把劇本扔在梳妝台上，「這個韓語非也太慘、太落魄了。去幫我找一套樸素一點的衣服，才襯得出韓語非的『氣質』。」

真的要演這個苦情的角色嗎？感覺就是虐待自己，他的心裡雖然是這樣想，但為了前途和錢途，只能咬著牙上了。

助理不知從哪裡翻出一件純棉的白襯衫和一條黑色的西裝褲。常瑾心把衣物換上後，再將頭髮做了簡單的側分，上了一些淡妝，看著鏡中的清純又青澀的自己，彷彿時光倒流。

「瑾哥真是好看。」助理敬業地誇讚。

「我還真怕這淡雅的妝容糟蹋了我『美人瑾公子』的名號。」也沒時間在這顧影自憐，「我們走吧。」

他們一上車，阿寶就一路狂飆，還闖了幾個紅燈，終於在試鏡結束十分鐘前抵達目的地。

阿寶說：「我們是來試鏡的。」

工作人員看了常瑾心一眼，「抱歉，試鏡提早結束了。」

常瑾心東張西望，「導演還在裡頭嗎？」

「在，可是……」

常瑾心一聽見人還在就顧不上什麼禮貌，直接推開門跑進去，還裝作氣喘吁吁地說：「導演，我很抱歉，路上塞車了。」

冷赫羲平時最討厭不守時的人，就算他是影帝也得守時。

常瑾心認識協助選角的王導，他就更大膽地直接走來長桌前，說：「我真的很喜歡韓語非這個角色，能給我一個機會嗎？王導。」

冷著臉的冷赫羲聞到淡雅的梅香，臉上的線條瞬間柔和幾分，薄唇微啟，「你是Omega嗎？」

常瑾心沒想到冷赫羲對Omega的身分這樣執著，「導演要驗一驗嗎？」

這話乍聽之下像是常瑾心非常在乎這個角色，所以不顧一切也要爭取到，但實際上只有他自己心裡清楚，他就是在試探冷赫羲。

聞到這股梅香的冷赫羲不知道為什麼想起了闕望舒。

難不成我搞錯了？

十二年過去，長相會改變。

十二年過去，記憶變得不可靠。

冷赫羲本來對自己的記憶力信心滿滿，再一次聞到梅香的信息素，一時之間竟然也迷惘了。

王導只知道冷赫羲對於韓語非這個角色非要Omega來演不可，只好出來打圓場，「赫羲啊，Omega難求，就讓他試試。」

冷赫羲隨手拿起桌上的水杯，灌了一肚子水，強迫自己冷靜下來，點點頭，淡淡地吐出一個「好」字。

工作人員紛紛就定位。打開燈光，淡黃的光線照了一室的寧靜。

常瑾心要演繹的這場戲是韓語非的高中回憶，也是夜夜糾纏他的噩夢。

場地的中央有一組課桌椅，那是韓語非的位子，但他卻不敢靠近，因為從抽屜裡頭傳來陣陣腐敗的惡臭。

他的腦海閃過一道身影，失神了幾秒；但沒有人會質疑他，只當他是害怕惡臭而遲疑了。

他摀住口鼻，拖著沉重的步伐緩緩走近，每踏出一步，就覺得自己離死亡更近；但他一定要處理，不然明天怎麼上課。

常瑾心低下頭往黑漆漆的抽屜一看，彷彿那裡真的放了一顆臭雞蛋，鼻腔、口腔和五臟六腑被這股惡意侵襲，他「嘔」了一聲，像是要吐出東西來。

他看了看自己手裡頭那灘黏稠的液體，之間還混雜著一些白色的塊狀物，常瑾心再次作嘔，隨後踉蹌又狼狽地逃了，逃到會場角落；但他知道攝影機還是拍得到他。

他屈膝坐下，想像自己坐在廁所充滿汙漬的地板上，發酸發臭的左手垂落在一旁，右手抱著瑟瑟發抖的雙膝，毛茸茸的一頭黑髮就埋在大腿間輕輕顫動。

他小小聲地抽泣……

常瑾心狠狠咬了自己的舌尖一下，疼得眼淚都沁出來了，淚水弄溼了褲子。他記得鏡頭在哪個方位，徐徐抬起頭來，讓鏡頭下滿溢他的悲傷和無辜。

常瑾心知曉鏡頭前的冷赫羲正在看自己，只要再流一滴眼淚，讓淚水滑過這張無辜的臉龐，他就成功了。

彷彿時空交錯，這淚水、這臉龐似乎和十多年前的影像重疊。

內心如浪濤翻湧的冷赫義看著螢幕久久不能自已，直到王導喊了一句：「赫義，你覺得如何？」

「情緒控制得很好，演技也沒話說。」冷赫義現在卻覺得自己真的不太好了。

常瑾心是個聰明的人，還很會察言觀色。從冷赫義想隱藏的情緒的舉動，他知道自己拿下角色了，在這裡繼續纏著他們只會適得其反。

他果斷地站起來，用手背抹去臉上的淚痕，恭敬地鞠躬，「謝謝兩位導演給我這個機會，很希望能和冷導合作，就不耽誤兩位的寶貴時間。有緣再見。」

常瑾心毫不眷戀地離開，冷赫義也拖著疲憊的身軀回到家。

他坐在米色的沙發上，手肘拄著膝蓋，十指交錯撐住額頭，垂眸看著白色的地磚發呆，莫名地腦子就纏繞上闞望舒的身影。

他拿起茶几上的手機，然後又放下，反覆了幾次，他始終沒有撥出電話。洗好澡的他，頭越來越沉，索性就早早地躺在灰藍色調的大床上。

白色的手機在枕邊振動著，冷赫義遲疑幾秒後還是接了起來。

「冷導。」闞望舒提著宵夜正站在大樓的對面的大樹下，「你一定沒吃晚餐吧，要不要我送點宵夜過去？」

「不用了，我沒胃口。」

聽冷赫羲這麼一說，他就緊張了，「你是不是生病了？」

「也許是水土不服。」一都回國這麼久要是水土不服早發病了，怎麼還有時間等到現在。冷赫羲故意忽視發疼的頭部，敷衍地隨口說道。

雖然闞望舒「現在」還不是他的伴侶，但仍舊是他的私人助理，只領薪水不做事，不是自己的作風。

闞望舒掛掉電話，穿越過馬路，搭上電梯直接上了十二樓，電梯門一開，卻撞見鄭黎。

「麻雀哥，你怎麼來了？什麼東西這麼香？」鄭黎奪走他手上的海鮮粥，「我肚子好餓，正想出去吃宵夜。謝謝！」

闞望舒眼角餘光瞟向左方，就是搞不懂這兩人怎麼會住同一棟大樓，住同一棟大樓也就算了，怎麼還住同一層樓。

他隨鄭黎進了屋子。

「你要出去買東西也不稍微偽裝一下，起碼也戴個口罩好嗎？」他心有不甘，不找個人念一念，心中就是不痛快。

「你就那麼擔心我被粉絲認出來嗎？」他掀開蓋子，拿起湯匙喝了一口粥，「好吃。」

「你別開心，到時粉絲包圍大樓時，你就知道什麼叫『低調』。」

闞望舒的手機「叮咚」一聲，他一看是冷太陽傳來的訊息。因為他害怕鄭黎看見冷赫羲這三個字，早早就把他的暱稱改了。

冷太陽：我以為你會送宵夜來。

他站了起來，「時間不早了，我先回去。今天下午有個平面廣告找上門，等明天來公司再詳談。」

鄭黎急忙問：「賣什麼？」

「美術用品。」闕望舒留下一臉錯愕的鄭黎，人就離開了。

他怕冷赫羲睡著了，馬上傳了一則訊息給他：在路上了。

匆匆忙忙離開大樓，來到街口的專門賣早點和宵夜的店家，看著琳琅滿目的商品，又想起冷赫羲說胃口不好，於是便買了幾樣看起來他應該會吃的東西，人就半走半跑地趕了回去。

警衛一看又是他，笑說：「賺個錢還挺不容易的。」

闕望舒笑了笑，拿出一個白白胖胖的肉包遞給他，「警衛大哥知道就好。我也只想做好自己該的事。」

拿人手短，警衛心裡清楚得很，他面帶笑容接下肉包，說了聲「謝謝」。

上樓前，闕望舒又傳了一個訊息：我到了。

他一站在門前，大門就打開了。

「不知道你想吃什麼，所以我都買了一點。」他把豆漿、湯包、鹹粥、蘿蔔糕……一一擺在茶几上，「怎麼不吃？一直看我幹嘛？」

冷赫羲拿起鹹粥慢慢地喝了起來。闕望舒心中雀躍無比，他要是快上一步就不會便宜了鄭黎那個臭小子。

冷赫義說：「買這麼多，你要不幫我吃一點？」

闕望舒拿起筷子夾起湯包就往嘴裡送，一咬下，熱騰騰的湯汁就溢出來，燙得他立刻把湯包吐掉。

冷赫義眉頭微蹙，急忙從冰箱裡取出一些冰塊盛裝在玻璃杯裡，拿給闕望舒，「含著。」

闕望舒乖乖拿了一個冰塊含在嘴裡，口齒含糊不清道：「寫寫呂。」

含過三顆冰塊後，他的嘴巴不痛了，但舌頭和嘴唇卻染上一抹豔紅。

冷赫義嘴裡吃著粥，眼睛看著那紅唇，不僅肚子沒有飽，連空虛的心也飢渴了。

也許是Omega的本能，闕望舒嗅到了危機，他想挪動身子往沙發邊緣靠，眨眼瞬間，冷赫義高大的身軀就壓在他的身上。

沉重的身軀壓得闕望舒喘不過氣，灼熱的氣息就噴灑在他的側頸，他整顆都心慌了。

「冷赫義你……」

「讓我抱一會兒。」冷赫義慢慢收攏雙手，深怕他會逃走似的。

只要冷赫義不從他的身上起來，闕望舒的心跳是暫時無法恢復正常的。

時間一分一秒地流逝，闕望舒的理智也一絲一毫地回籠。

他終於發現冷赫義不太對勁。冷赫義的體溫高得嚇人，圈住闕望舒的手也只是圈著，完全沒有施力。

闕望舒緩緩抽出自己的手，輕撫冷赫義的額頭，「果然發燒了。」

他拉開困住自己的手，慢慢移動身子，每移動一下他的心跳就加速一次，好不容易脫離冷赫義沉重的身軀，他終於能好好喘上一口氣。

「赫羲，我扶你去床上休息。」闕望舒使盡全身的力量把他扶起來，半拖半拉終於把人弄上床。

他在屋子的櫃子東翻西找，想找找看有沒有成藥可以吃，卻一無所獲。

闕望舒狠狠拍了一下自己的額頭，「我真傻，他不是說自己藥物過敏，家中怎麼會有藥呢。」

他立即進了浴室，拿來溼毛巾幫冷赫羲擦擦臉。放鬆下來的臉龐少了平日的冷峻，多了幾分溫柔。

身體的不適讓冷赫羲眉頭微蹙，闕望舒輕輕在他的眉心揉了揉，「沒事的，睡一覺起來就會好的。」

小時候的闕望舒家裡很窮，每次生病時，母親總是對他說這一句，隔天一覺醒來，病確實好了大半。上了高中進入分化階段，他一直覺得、也希望自己會分化成Beta，可是卻分化成最麻煩的Omega，每兩個月一次的發情期除了生理的不適之外——這在他的眼裡不是大問題——最大的問題是抑制劑昂貴，以他母親一個人的微薄收入根本負擔不起。所以高中時期，只要一進入發情期他就請假在家休息。直到上了大學，他才開始打工賺錢，買抑制劑服用。

現在回憶起來他覺得自己有點傻。當時，他只看見徵人的廣告寫「無經驗可」、「手機自備」、「薪資面議」，面試地點還在學校附近，他就跑去應徵了。

那公司正是神駿娛樂的前身，並不是騙財又騙色的詐騙公司。

放學後，他就到江駿那邊打雜；假日時，如果有藝人出外景他就當生活助理，像保母一樣跟前跟後。打工的錢勉勉強強可以應付發情期所需的抑制劑費用——最廉價、最難吃的那一種。

有一天，他和往常一樣陪一位演員出外景，他永遠記得那裡有一大片花海，花海的中央有一棵茂盛的大樹，所有的劇組人員幾乎都擠在那樹蔭下休息。

他在一旁幫那演員扇風、遞水，陽光穿過樹葉灑下，闕望舒瞬間置身斑駁光影之中，風吹起了遮住額頭及眉眼的瀏海，露出了清雋臉蛋，恰巧讓經過的導演看見。

導演說：「這是你的生活助理。」

演員說：「莫非導演看上他了。」

「眉清目秀的，當個小助理實在太可惜。」

「回去後我再和駿哥說說。」

從那天後，他短暫演藝人生開始，噩夢也隨之而來。

他原本最不該靠近導演這種生物，可偏偏現在人不但在導演的屋子內，還在房間裡，自己還渴望能和他談一個戀愛。

他終於理解為何人們總是說愛情沒有什麼道理了。

他又拿起毛巾幫冷赫羲擦拭雙手。手臂、手腕，還有一根根指節分明且修長的手指。他喜歡這雙手，和夢中溫暖而乾燥的大手很像卻又不像。因為冷赫羲的手現在是溼潤的，還很燙人。

夜太深，他的眼皮逐漸沉重，放不下心又捨不得離去，於是側身在床緣躺下，等他再次睜開雙眼時，人不僅躺在床中央，還躺在冷赫羲的懷裡。

3

必要時，我也可以無縫切換到打雜的角色

晨光熹微，山影朦朧，又是一天的開始。

「你醒了。」冷赫羲溫柔的嗓音像根羽毛輕輕搔著闕望舒的耳膜。

「你燒退了？」闕望舒放鬆的身子立刻緊繃了起來，「對不起，我不是故意要睡你的床。」

「我知道，是我把你抱過來的。」冷赫羲撒謊道。

昨夜，冷赫羲燒了一個晚上，也流了整夜的汗，他被自己溼透的衣服冷醒，起身換衣服時，發現闕望舒縮在床邊。本來也是想幫他蓋床被子，順便把臉上的眼鏡摘下讓他睡得舒服些，但眼鏡一摘下，他的目光就挪不開了。

看著看著，Alpha的保護欲就升起。怕他摔下床，又怕他著涼，棉被一蓋上，闕望舒卻一直往他的懷裡鑽。

誰知早上竟成了這副恩愛的模樣。

冷赫羲察覺懷裡的闕望舒微微掙扎，「你不要緊張，我不會對你做什麼，除非……」

「除非什麼？」

「除非你希望我對你做什麼。」他眼睛不笑，嘴角微勾，看起來一副又帥又痞的模樣。

闕望舒微微抬眼看見他壞笑著，白皙的耳尖立刻燒紅起來，眸子立即又垂了下去，「我照顧你並不是……不是希望你能和我談戀愛……可是……」

他的腦子亂成一團漿糊，話說得語無倫次。

「我是喜歡你，但如果因為我照顧你一晚，不對，是半晚，你就覺得和我玩玩也無所謂，那大可不必。我只是做好私人助理的工作。」

闕望舒覺得自己表達得太糟糕了，低頭把臉埋進自己手掌裡。

只能說冷大導演太會抓重點，「你喜歡我？」

「我有說嗎？」聲音從指縫透了出來。

「你剛剛明明說了。」

「我沒有，是你聽錯了。」他知道自己說了，但他不想承認。

他只是個無助又弱小還喪失自信的Omega，他怎麼敢睡在他的床上，還敢和他「談判」，還說什麼「如果你願意，我就願意」的鬼話。

闕望舒你是腦子進水，還是吃了熊心豹子膽？你這個大笨蛋！真的丟死人了！

冷赫羲見他一副想找個地洞鑽進去的模樣就覺得好笑。安慰道：「我不是個隨便的人，況且這事是我先提的。等選角告一段落，你等著我的好消息。」

這是在暗示我什麼嗎？

闕望舒不敢期待，因為期待總是落空。在這圈子打滾的這幾年，他沒賺到什麼錢，卻嘗盡人情冷暖。

陽光穿透窗簾照了進來，也照亮了他的腦子。

他不該再賴在這張溫暖卻不屬於自己的大床上，「我幫你煮碗粥，然後就要去上班了。」

「約了人嗎？」冷赫羲還想再多抱他一會兒，汲取他身上的暗香。

「帶鄭黎去接洽一個平面代言。」

「賣什麼的？」

「你怎麼和他問一樣的話？」

「我說錯了嗎？」

「沒有。賣美術用品的。」

「挺適合他的，他會畫畫。」

「你怎麼知道？」就只是學長學弟的關係，會知道這麼多嗎？闕望舒心中十分疑惑。

冷赫義知道自己說溜嘴了，馬上補充說：「演員資料表特殊專長那欄他有寫，除了畫畫還有騎馬。」

那份資料是闕望舒親自幫他寫的，他不記得有寫畫畫這件事。

這兩人真的不是情侶關係嗎？或許是，但也已經是過去式了嗎？

他把這個想法踢出腦袋，掙脫冷赫義的手、跳下床，就往廚房去。半個小時後，一鍋清粥、一顆荷包蛋，還有兩盤青菜端上餐桌。

「我走了，你好好休息。」闕望舒淡淡地說。

都幫他準備好早餐了，冷赫義實在沒法不讓他走，況且他還得去照顧他的小明星。

出了大門，闕望舒終於體會到什麼叫做夜路走多了總會遇到鬼。

「麻雀哥，你站在電梯前發什麼呆？」鄭黎說。

「我覺得自己來得太早了。想說下去幫你買一份早餐再上來。」他覺得最近撒的謊太多了，有一天一定會被拆穿的。

「我們一起下去吃就行。」

「好，走吧。」

「你昨晚是不是沒回家？」

「咦?!」闕望舒腦子轉呀轉，試圖轉出個好藉口。

「你這身衣服都沒換啊。」

闕望舒嘆了一口氣，「哥窮，衣服只有這幾套，還沒時間洗。這幾天不是下雨嗎？洗了也不乾。」

他們一起走到街口的早餐店，選了一個偏僻的角落坐下。

「黎子啊，你這代言要是談得成，我想日後應該還會有人找上門。」

「那肯定是。」鄭黎自信滿滿地說。

一個女孩突然出現在桌前，遞上筆記本，「你是鄭黎嗎？能不能幫我簽個名？」

鄭黎點頭接過紙和筆，花了快十秒才簽完名，把本子還給她時還不忘叮嚀一聲：「上課要專心，別太想我。」

她點點頭，帶著一臉紅暈跑掉了。

「大情聖，別亂撩妹。」闕望舒笑說：「你這名簽太慢了，以後紅了，我怕你簽上一整天都簽不完。回去得練練。」

「我畫顆梨子總成了吧。」

「吃飽了就走，別閒扯。」闕望舒才踏出第一步就把鄭黎拉住。

「不回去地下室開車嗎？」鄭黎問。

他昨晚是騎機車來的，他自己差點就忘了。

「公司的車拿去保養了，我們搭計程車去。」

闕望舒差點把自己嚇出心臟病來。

這個平面代言談得很順利。包括一次平面廣告拍攝和一次活動出席，闕望舒還把兩年的合約縮短成一年。以鄭黎的資質和潛力而言，電影上映後肯定大紅大紫，屆時，代言費就不是區區數十萬元。

趁著電影開拍前的空檔，約好時間，鄭黎就把平面廣告拍了。

在梳化間的鄭黎已經換上白色襯衫和卡其褲，腳上是一雙白色的球鞋，基本上看起就像個時尚的小文青。

他的膚質很好，造型師只上了一層薄薄的底妝，對於深邃又明亮的眼睛，他也只用淡雅的顏色輕輕帶過，最後選了支水光滋潤的唇膏在他漂亮的唇上一畫，就完成了。

「我這樣帥嗎？」鄭黎問坐在一旁的闕望舒。

「倒著看也帥。放輕鬆，別緊張。」

鄭黎走來攝影棚，看著棚中擺了一張圓凳和一組畫架，畫架上有一些斑駁的色彩，讓它增添了幾分溫度。

造型師又追了過來，把色彩斑斕的丹寧工作圍裙給他。鄭黎把皮質的細繩穿過脖子，然後固定在胸前扣上，接著反手想在身後打個蝴蝶結卻失敗了。

闕望舒見造型師不在現場，走了過去，微笑說：「還是我來吧。」

鄭黎回眸對他露出一個迷人的笑容，「謝謝。」

他接過深藍色的綁繩，捉了兩個圈互相交疊，拉緊固定，漂亮的蝴蝶結就完成。

在一旁測光試拍的攝影師，鏡頭對準了互動既自然又親密的他們，「喀嚓喀嚓」連拍好幾張，然後調了調燈光的亮度。

鄭黎挺直腰桿坐在椅子上，右手拿著畫筆，左手拿著擠滿顏料的調色板，擺好姿勢。攝影師走過去稍微拉平他的圍裙，然後又調整了雙手的角度和位子，後退好幾步便拍了起來。

「肩膀放鬆些。」攝影師說。

闕望舒站在一旁羨慕地看著，心道：來去拍寫真集說不定會大賣。

攝影師又說：「笑自然一點。剛剛你和助理互動的表情就很好。」

「攝影大哥，他是我的經紀人。」鄭黎笑著解釋。

闕望舒漾開一抹微笑，「必要時，我也可以無縫切換到打雜的角色。」

鄭黎嘴唇勾了起來，連眼睛也笑了，彎彎的笑眼充滿青春的氣息。

攝影師看了看拍下的影像，很滿意他這個表情，說：「先休息一下，待會兒再繼續。」

鄭黎拿到畫筆手就癢，筆尖沾點綠色又沾點黃色，在色板調了調，就抹在白色的畫布上。

一旁的闞望舒看著他嫻熟的動作，隨手拿起手機就錄起來。

畫布上中央的位子已經被抹上一片淡淡的草綠色，信手捻來又加了幾筆深綠、藍綠，就成了一片迷霧森林。

闞望舒從手機看著專注作畫的鄭黎，他的手就在畫布和調色板之間來來回回，然後就出現一隻鹿，頭上還長了一對如珊瑚般美麗的鹿角。

「哥，我畫得如何？」

闞望舒想起了冷赫羲的話，原來鄭黎不是會畫畫，而是很會畫畫。他關了手機，走到他身邊，讚美道：「這畫網拍肯定有人買。」

「那我得簽個名才行。」他又拿起畫筆，勾勒出一顆小梨子，還加上一片葉子，然後在梨子中落下「黎」一個字。

攝影師從外頭走過來，盯著畫布看了幾秒，就聽見鄭黎問：「能換個新畫布嗎？」

「不用，我覺得挺好的。我們接著拍。」攝影師各個不同的角度各拍了幾張，說：「隨便畫點什麼，我抓拍幾張。」

鄭黎握著畫筆，在那一片綠的上方加了幾道小小的灰藍，小鳥就從遠方飛來。

「OK、收工。」

攝影師愉悅喊完這一聲，鄭黎就跑了過來，「能借我瞧瞧嗎？」

攝影師把相機遞給他，「這幾張都很不錯，就不知道廠商喜歡哪一張。」

鄭黎問：「前面這些試拍的都不用是嗎？」

「嗯，選好照片後都會刪掉。」

「那我和『助理』的幾張合照能給我嗎？私人收藏，拜託！」

鄭黎手機拿了出來，照片幾秒後便出現在螢幕上。

從廁所回來的闕望舒問：「看什麼看得這麼開心，也讓哥瞧一瞧。」

鄭黎心虛地直接關了手機，「我去卸妝，然後我們一起去吃飯，我請客。」

「都還沒拿到錢就急著請客……」他的話都還沒說完，鄭黎就溜了。

闕望舒問：「這畫我能帶走嗎？」

被他這麼一問，攝影師也不知道怎麼回答。

一個陌生的中年男子走進攝影棚，攝影師認出了他，「陳總您怎麼來了。」

「恰巧經過，上來看看。」他看攝影棚收拾得差不多，問：「拍完了嗎？」

「剛收工。」攝影師突然想到鄭黎的畫，「這作品怎麼處理？能讓作者帶走嗎？」

陳總走近一看，「畫得真好。我提供的只有畫布和顏料，作品當然是作者的，可是……」

「陳總您好，我是鄭黎的經紀人，我叫闕望舒。我希望能……」

陳總笑說：「我挺喜歡這幅畫，不如賣給我。」

「……」闕望舒突然不知道該怎麼回答，幸好鄭黎卸完妝回來了。

「誰要買我的畫？」鄭黎邊走邊問。

陳總說：「既然有緣代言我家的產品，不如畫也賣給我。順便交個朋友。」

鄭黎看向經紀人，闕望舒的表情很明確：這事你自己決定。

「看陳總也是風雅之人，談錢俗氣，我們就交個朋友。畫，我送您。」

「你這小子挺爽快的，不如中午一起吃個飯，當然是我請客。」

今天攝影不但順利，還蹭了一頓飯，最重要還認識了陳總，闕望舒真心替鄭黎高興，感覺他未來肯定星途一片璀璨！

今天是週末，也是上班族最開心的日子之一，可是身為經紀人的闕望舒卻沒閒著，他一大早就跑去百貨公司，並不是要買東西，而是要去看今天首次公開的鄭黎拍攝的平面廣告。

他來到十樓，這裡是「繪素美術」的旗艦店。第一眼就看見這個數位廣告看板——漂亮的側顏，眼神專注地盯著畫布，手上沾著顏料的畫筆輕輕地碰觸畫布，宛若要將整顆心鋪滿作品。

鄭黎實在帥得太有氣質了！闕望舒在心中讚嘆。

「創作，我行我『素』。」路過的她念著廣告標語。「鄭黎好帥哦！」

在一旁的他吐槽道：「看了帥哥你的畫功也不會變好。」

「誰說的，說不定我只是少了鄭黎手上的那支神奇畫筆。」她拉著他的手，「走啦，我們進去逛逛。」

陸陸續續有人經過，都被這個廣告吸引，紛紛停下來拍照。

闕望舒還是站在遠處靜靜地欣賞好一會兒，人正要離去，他的手機就響了。

「你在哪裡？」冷赫羲的聲音有點冷。

「百貨公司。」他邊說邊往無人的角落走。「不過我正要離開，有什麼事嗎？」

「能來我家一趟嗎？」這句他說得有點小心翼翼，深怕闕望舒會不答應。

他看了手錶一眼，還有半個小時就中午。「要我順便帶午餐過去嗎？」

「好。買你想吃的就可以。」

「我喜歡吃辣的，你又不愛吃。」

「不是不愛，是怕承受不起。我記得那裡有間川菜館，你盡量買，別替我省錢。」

這人怎麼這麼莫名其妙？他在心中嘀咕著，還是下樓去了餐廳，點了一桌菜外帶。

他坐在等候區就能聞到鮮美辛辣的味道，那味道勾得他肚子餓得想拋棄冷赫羲，自己在這先大快朵頤一番。

他聽見一旁的客人說：「《心跳》演員陣容看起來很『A』啊！」

「那個Omega才漂亮，我超喜歡他的。」

他驀地想起了一件大事，昨天下午已正式公告《心跳》的演員名單，Alpha男主魏雲這個角色，最後由人氣扶搖直上的國民Alpha秦恕川擔任。

今天不就是放榜——不是，是宣告闕望舒「死刑」的日子！

他的心情如同剛接過手的沉甸甸的菜餚。他現在就想回家，哪裡都不想去，飯也不想吃了。

「送完午餐我就走總行吧，反正我只是個工具人。」闕望舒的鴕鳥指數直線飆升。

一路風塵僕僕，他終於來到冷導演家的大樓下。

警衛說：「慶祝什麼，大包小包的？」

「應該是慶祝選角順利吧。」

「選得好！瑾公子真是漂亮。上映時我一定去捧場。這是冷導的國際包裹，麻煩你順便送上去。」

「謝謝。」他把包裹夾在腋下，上樓了。

眾人談論的都是「瑾公子」，會不會冷赫羲也喜歡他？站在門前的闕望舒卑微得連門鈴都不敢按了。

冷赫羲等得有些心急，時不時就透過大門的貓眼看看闕望舒是不是來了。

「來了怎麼不按鈴，傻站在那裡做什麼？」冷赫羲想生氣又氣不起來。

闕望舒把提袋放下，將包裹遞給他，「你的。」

冷赫羲接過一看，嚇得連拆也不拆，拉開櫥櫃的抽屜，直接把東西扔了進去。

闕望舒完全沒發現冷赫羲反常的舉動，只是像個沒有感情的機器人，把餐點拿出來一一擺盤。

「怎麼不開心？是不是鄭黎的廣告拍醜了？」

「才沒有，帥得很。帥得我都心動了。」

冷赫羲突然暴怒，「你心動了，那我怎麼辦？」

「什麼怎麼辦？」闞望舒完全狀況外。

「闞望舒，我喜歡你，你不准對別人動心。」冷赫羲一個箭步逼近他，將人緊緊摟在懷裡，低沉的嗓音鑽入了闞望舒的耳裡，「望舒，我喜歡你。」

「你是認真的嗎？」他的心很慌，但還是能感覺到冷赫羲溫暖的氣息籠罩了自己。

冷赫羲用行動來表達自己內心最真實的渴望，唇覆上了他的唇。

闞望舒的唇比他想像中的還要柔軟，還帶這一股淡雅的花香。他慢慢地撬開他的貝齒，舌頭一寸一寸探了進去，芬芳的花香瞬間充盈了他熱溼的口腔。

活了二十幾個年頭，闞望舒還是第一次接吻，他根本不知道如何反應，任由冷赫羲在他的嘴裡恣意撻伐。

一動情，Alpha信息素便從腺體徐徐發散出來，慢慢滲入了闞望舒的鼻腔、血液裡。

他彷彿置身自己最喜歡的秋天午後，站在一片剛剛由黃轉紅的楓樹下，陽光穿透葉子，灑了他一身溫暖。

他喜歡這個味道，甚至願意一直佇立在那享受這個令他安心的味道。

靈魂和身體都被這股信息素吸引，他的身體也想要回應這美好的一切，體溫逐漸升高，白皙的臉龐很快染上一抹動情的紅暈，後頸的腺體也散發出淡淡的梅花清香。

「你好香。」這是經年累月縈繞在冷赫羲記憶裡的味道，他親吻闞望舒的耳尖，呢喃道：「從沒聞過這麼香的Beta，連Omega都比不上。」

闞望舒緊張得身體輕顫，「是你的錯覺，我不香，一點都不香。」

他的心裡有一道難以癒合的傷痕，他從來不覺得自己香，甚至有一度非常討厭自己散發出來的味道。所以他喝的抑制劑不只是抑制他的情慾，還可以沖淡信息素的味道，可是他依然覺得不夠，每每出門前都還得噴上青草味的香水來掩蓋芳香。

「香得讓我想把你每吋肌膚都嘗遍。」他大手一撈，將闞望舒打橫抱起，踩著悸動的步伐，走向那期待已久的風景。

冷赫羲把他抱到床上，闞望舒有些緊張，也有些害怕，可是他渾身發軟，想掙扎也使不上力氣。

Alpha真的好可怕！

冷赫羲不想嚇著他，摘下他的眼鏡，說：「你的眼睛真美。」俯身，輕柔地吻著他的眉眼。

不知道是因為還在害怕，還是因為聽見冷赫羲的讚美而開心，闞望舒居然落下一滴淚。

溼潤的眼眶宛若一座清澈的湖泊，蜜糖色的眸子水汪汪的，眼神中隱含的一絲期待，讓冷赫羲完全無力抗拒。

他的心中只有一個念想，那就是占有他。他只能是他一個人的。

濃郁且強勢的信息素從腺體炸開，霎時在房間裡升騰。

溫暖而乾燥的手輕輕撫摸他精緻的臉蛋，他舒服得眼睛微微瞇上，害怕、緊張的情緒逐漸被冉冉升起的情慾所取代。

身為Omega的本能，他的下身已經溼了。

冷赫羲慢慢解開他的襯衫，溫柔地在他若隱若現的肋骨吻了又吻，徐徐褪去他的褲子，每拉下一吋就親吻一下，等褲子完全褪去時，闞望舒的長腿已被一場溫暖的小雨打溼。

冷赫羲緊盯著闞望舒的眸子熾熱如火且飽含情慾，闞望舒無法直視，緩緩將頭偏了過去。

「望舒，看我。」

衣不蔽體的他除了緊張，現在更多的是害羞。闞望舒抬眸望向他，冷赫羲正在脫下自己的衣物，精悍的身軀讓闞望舒驚嘆，腹下的龐然大物更是令他害怕。

闞望舒像隻被獵豹叼住的小鹿，他無路可逃，只求他能溫柔地享用他。

冷赫羲俯身吻住那兩片水嫩的唇，輕輕吮咬，隨後探入，和那溼熱軟舌交纏、共舞。他鬆開闞望舒豔紅的唇，轉而低頭舔弄雪白肌膚上那已微微立起的乳首，灼熱的嘴唇含住它，像是飢渴的豹子在舔食花朵上的露珠。

「望舒，喜歡我這樣喊你嗎？」冷赫羲的聲音如同一顆石頭投入水潭，牽動闞望舒的情緒，不斷波動直到滿溢——喜歡！

冷赫羲捉住他纖細的腳踝，滾燙的巨物在他身下來回磨蹭。

闞望舒淡雅的信息素逐漸轉為濃厚，與冷赫羲的味道融合，宛若冬陽照耀下綻放的寒梅，馥郁芬芳。

闕望舒難耐得有些無法思考，「我想要你……赫義。」

巨物在又溼又熱的後穴緩緩挺進，緊致的束縛感逼得冷赫義差點繳械投降。

他扳開他的大腿，俯身親吻他的朱唇，「放鬆點，等一下就舒服了。」

這俯身一壓，闕望舒感覺到身體彷彿被直接貫穿了。

冷赫義沉溺其中，反反覆覆、深深淺淺地抽插，但闕望舒身子已然承受不了連綿不斷的強烈快感，滑膩的液體從深處不斷湧出。

這是他期待的初夜，他想為喜歡的人散發馥郁芬芳的信息素，但赤裸著和另一具不熟悉的身軀交纏，他的心裡又是莫名地羞赧。

慾望和羞恥兩種情緒不斷拉扯著闕望舒，讓冷赫義誤以為他欲拒還迎，更是猛烈進占，直到冷赫義將全數的熾熱都注入他的體內，闕望舒才又感受到他溫暖的吐息，像是夏日海灘的暖風，輕柔地灑在他的臉頰上。

這陣暖風闕望舒還沒享受徹底，身子又迎來下一記歡愛。

他遲遲無法從蜜意中平復。

強烈暖陽的氣息，徐徐穿透到他的骨子裡，明明乾燥溫暖，卻又令人心神蕩漾。

看著闕望舒又純又慾的模樣，冷赫義又被他勾得神魂顛倒。

闕望舒伸手圈在他的脖子，無力地癱在他溫暖寬闊的胸膛沉沉睡去。這一覺睡得好沉、好久，等他醒來，身上已被穿上了一套過大的衣衫。

冷赫義拿來一杯水給他。他接過喝了兩口，把水杯放在邊櫃上，才拿起手機要看，電話就響了。

冷赫義又躺回床上，「誰打來的電話？」

「是鄭黎。」

「不准接。」

這人怎麼這麼霸道。

冷赫義又說：「你就不怕他聽出你的聲音怪怪的。」

昨天的縱情，讓他的嗓子幾乎啞了，想起這件事，闞望舒的小臉蛋就紅了起來。他只好等鄭黎掛了電話，才發訊息過去。

麻雀哥：有什麼事？

小梨子：沒事，就想找你聊聊天。

冷赫義看了他的手機一眼，「還有力氣聊天。」

鄭黎等不到回應又發來另一則。

小梨子：你忙。有空看看廣告的反應。

麻雀哥：好的。等會兒我就看。

「看什麼看，看他還不如看我。」冷赫義的牙膏肯定是梅子醋口味的。

闞望舒才不理他，搜了幾則相關的娛樂新聞看著，還看了「繪素」官方粉絲專頁底下的留言。

只愛梨子：神仙側顏，醉了！
來自星海：這手也太美了，我願是那支筆。
甜不辣：我願是為那塊調色板。
妥妥是個A：我願是他心中的雄鹿。
淘氣小惡魔：哥哥的手不是手，淡雅甘醇的梨酒。
來自星海：不要破壞隊形！
淘氣小惡魔：梨酒只獻給一人。
闞望舒當然知曉淘氣小惡魔說的「獻給一人」指的是誰，就是把他鎖在懷裡的冷大導演。
「都是好評，太好了。」闞望舒開心地表示。
「這樣你就放心了？那就再睡一下。」冷赫羲抽走他的手機，頭埋在他的肩窩裡。
這是在撒嬌嗎？闞望舒覺得他的行為有些幼稚。
「你是不是進入易感期了？」
「嗯。今天能不回去嗎？」
「不行。」他要是待在這裡，遲早會被鄭黎發現的，他不想把事情越搞越複雜。「我……」
「你是不是有祕密瞞著我？」

闕望舒知道自己不該騙他，但他的心還沒完全準備好，「是有個祕密，但我還需要一點時間，我……」

「我會等你的。我也有一個埋藏十多年的祕密……也許我終於有機會說出來了。」冷赫羲的手指輕輕摩挲他柔軟的唇，「晚點我送你回去。」

「不用。我自己可以。」

「怕我知道你的住處嗎？」這麼香的人獨自在路上遛達，他完全不放心。

闕望舒住的屋子又破又小，還真的不想讓冷赫羲知道。「你一個大導演的，我覺得不太好，要是被狗仔拍到……」

「要不你搬來和我一起住，這樣他們就拍不到了。」冷赫羲了解他的個性，也只是和他開玩笑的，但看見闕望舒一副心慌的模樣，就想親親他。

「冷……赫羲，我第一次覺得這麼幸福。」闕望舒用手指挑了挑冷赫羲額頭上的碎髮，露出刀刻般的側臉，「你會不會易感期一過就不要我了？」

「我恨不得能把你標記，昭告天下。」冷赫羲冷不防地輕輕咬住他的側頸，用舌頭舔了舔，有意無意地又說：「那我得咬好幾下，Beta超難標記的。」

闕望舒被他這麼一撩，情不自禁就釋放出冷香的信息素，他一聞到這味道就緊張，很害怕冷赫羲又追問他究竟是不是Omega。

雖說Omega的香氣最勾人，但也有體質特殊的Beta擁有逼人的香氣，只不過是萬裡挑一，如果不是發情期，Omega的生殖腔也是閉鎖的，真要確認身分別，就得等到某人發情期把人辦了才能肯定；但冷赫羲真的不介意他的身分，只要他是屬於自己的就好了。

「還勾引我。」

闕望舒直接龜縮了，「我好累，想再睡一下。」

冷赫羲看著單薄的身軀滿是歡愛後的痕跡，知道自己昨天確實是太過分，又想起這是闕望舒的第一次，好不容易壓抑下去情火又燃了起來，只能把人摟得緊緊的，證明這不是美夢一場。

被溫暖的氣息包圍，闕望舒很快就放鬆身子沉沉睡去。

他又夢見那隻手。

他打開門追了上去，一路黯淡無光，他害怕得想放棄，就聽見那人呢喃細語：「過來，我在這裡。」他伸出手等待著。

闕望舒在黑暗中看見一絲光芒，陌生人高大的身影有些熟悉，他伸長手握住那隻溫暖的手，微微一笑，說：「赫羲，原來是你。」

冷赫羲聽見他的夢囈簡直要瘋了，用食指小心翼翼地捲起他茶色的頭髮，輕聲嘆息：「原來就是你！」

天邊已染成一片橘黃。

他們叫了一些外賣吃。闕望舒想起昨天點的那桌辛辣的美食竟無緣吃上一口就懊惱。

「吃飽了，我送你回去。」冷赫羲還是這一句話。

「我是騎車來的，我自己回去就行。」他的車子雖然破，但一直扔在這也不是辦法，要是被鄭黎發現就糟了。

「叫個代駕如何？」冷赫羲覺得這個主意挺好的，更何況他想看看他的住所是不是和他本人一樣充滿香氣？

喝酒代駕不可少。但一來他沒喝酒，二來還是代駕機車，想來就好笑。

闕望舒否決他這個提議，堅持說：「我自己回去。」

「行，我陪你。」

闕望舒以為他要開車跟著他，就不再掙扎，脫下男友衫，看見自己身上吻痕斑斑，紅著臉拿起冷赫羲幫他送洗又送回的乾淨衣物。

一股溫暖的氣息逼近。冷赫羲從後方抱住他，輕咬著他的後頸。闕望舒以為他想標記自己，嚇得伸手護住後頸的腺體。

「我還以為只有Omega恐懼被人標記，怎麼連你也害怕？」他有意無意地說，但擱在他肩膀上的下巴可沒打算挪開。

被愛人標記應該是世界上最幸福的事，闕望舒曾經奢望過，但他也了解自己這個假Beta要是被標記，也許這輩子就永遠離不開他。

暫時標記的效果隨著時間增加而逐漸減弱，但他還是很害怕，只能找個藉口說：「雖然我不是明星，但你是個導演。我們的關係不適合攤在陽光下。」

他們的戀情只能是一個祕密，這是演藝圈心照不宣的遊戲規則。

闕望舒說的有道理，冷赫羲無法否認。媒體記者追逐他，他並不害怕，但他怕那些吃人不吐骨頭的狗仔傷害他。

他眷戀不捨地緩緩把頭移開，玩笑道：「還不換上，等我幫你穿嗎？」

闕望舒一聽見他這樣說，就手忙腳亂的把衣物套上，還不忘把能帶給自己安全感的眼鏡戴回。

「別吸到廢氣了。」冷赫羲拿起黑色的口罩幫他戴上，然後也幫自己戴上。

開車也要戴口罩，偽裝的工作還真的做得滴水不露，闕望舒是這樣想的。

大門一開，他和做賊似的先是探頭看了看，才踏出大門。

冷赫羲見他疑神疑鬼的模樣就心疼，「放心，狗仔進不來的。」

他怕的是突然滾來的「梨子」而不是狗仔，隨口應了一句，「小心為上。」

來到樓下，闕望舒長腿一跨就騎上機車，然後他就感到後座一沉，回頭一看，只露出半張臉的冷赫羲笑得眉眼彎彎的像一個淘氣的大孩子似的。

發情起來的Alpha都不正常！

「下去！」闕望舒回頭瞪著他，「我自己騎。」

冷赫羲將放在地上的長腿往上收攏，雙手環住他纖瘦的腰，「走吧！如果你屁股疼，有我的手墊著。我送你回去。」

Alpha發情起來都像他這麼幼稚嗎？

他拿他沒轍，發動車子，緩緩駛向馬路。

晚風呼呼地吹著，吹不散背後那股暖意。

兩個大男人前胸貼後背騎著小五十，感覺有點彆扭，尤其是停紅燈時，四條長腿四平八穩踩在地上時特別地吸睛。

冷赫羲像隻慵懶的大貓伏在他的肩頭上，「你好香，好想咬上一口。」

「別鬧了！再吵就把你踢下車。」闕望舒威脅道。

「明明在床上可愛得很，現在居然對我凶巴巴的，」冷赫羲對著他的耳朵吹了一口氣，「這樣可不行哦！」

Omega就是可憐，尤其被自己喜歡的人輕輕一撩，就覺得渾身酥軟。

「真的別鬧了，讓我專心騎車行不行？」

發情的導演滿腦子都令人害羞的畫面。他想看他騎在自己身上，擺動腰肢取悅自己的模樣，光是想，他就硬了。

兩人之間本來就沒有縫隙，闕望舒感覺到有個硬物抵著自己屁股，怒道：「你克制一點。」他羞得想直接拐入無人的巷弄裡。

莫約半小時的路程，闕望舒卻花了近一小時的時間，除了這老舊的小五十不太夠力外，有一部分是冷赫羲的小兄弟太不安分，還有一部分當然是他的私心。

他渴望這樣溫暖，他等太久了。

車子終於在老舊的公寓前熄火、停下。

他拍拍冷赫羲還緊緊環在自己腰際的手，「我到了，你趕緊搭計程車回去。」

「我陪你上去，你住幾樓？」

「七樓。你還是別上來，沒電梯。」

冷赫羲抬頭看了看灰灰的建築，他怎麼數都只有六樓，他更是好奇了！

紅色且斑駁的大門虛掩著並未上鎖，闕望舒輕輕推開它，生鏽的鉸鏈彷彿老頭的關節發出「喀喀」的聲響，抗議歲月無情地摧殘。

闕望舒在灰撲撲又昏暗的樓梯上走了兩階，回眸道：「你還是別上來。」

「我怕你腿軟，萬一跌下來還有我扶著。」冷赫羲一本正經地說。

還不都是你害的，還有臉說。闕望舒在心裡嘀咕。

平常走慣的樓梯，他才走一半腿就軟了，手撐在包裹著紅色塑膠皮的扶手上，試圖穩住自己的步伐。

冷赫羲從車子停在大樓前就開始觀察，這破舊的公寓連一支監視器都沒有。他長腿一跨，上了兩階，就把闕望舒抄膝抱起。

在狹窄且陡峭的樓梯上，闕望舒根本不敢掙扎，萬一摔了下去，可不是鬧著玩的，只能像隻溫馴的小鹿，乖乖地待在冷赫羲的懷裡。

「你實在太瘦了，該吃胖點。」冷赫羲輕而易舉就把人抱到了頂樓。「你就住這裡？」

闞望舒害臊地掙扎著，冷赫羲只好把他放下來。

闞望舒掏出鑰匙開了門，他不是說「請進」而是問：「你要不要進來？」

他心裡當然希望冷赫羲不要進來，畢竟這個房間又破又小，沒有什麼值得一看的。

冷赫羲本來就想看，現在站在門前，他的好奇心越發濃烈，點點頭便進入闞望舒的小窩。

第一印象不是家徒四壁又單調的房間，而是撲鼻而來的香氣，淡淡的冷梅香中還融合著一股青草香。

青草茂盛滋長的香氣他再熟悉不過——小鹿藉此隱藏自己的身影，消弭自己的氣味。

但冷赫羲還是一眼就發現他了。

「這屋子怎麼能住人？」

「怎麼不能住，我都住了八年了。」他拍拍單人床就坐了下去。

「讓鄭黎多幫你賺一些錢。」冷赫羲挨著他的坐下，「還是你搬來和我一起住。」

要是早個幾年遇見他，闞望舒一定會開心地點頭答應，但現在的他已經很滿足，不敢有過分的期待。

他開玩笑道：「別人會以為我家的小梨子是靠我上位的。」抬頭望著淡黃的燈光又說：「你忘了嗎？我們的戀情是無法見光的。我知道你見不慣我住的地方，等我賺到錢就搬家。」

「知道了。有困難就和我說，別委屈自己。」對於執拗的他，冷赫羲實在沒轍。

他的唇輕輕貼上闕望舒的臉頰，然後找到那兩瓣鮮美的唇直接含入口中。

闕望舒又被吻得意亂情迷，還怕明天又下不了床，索性下逐客令：「你該回去了，我洗洗就睡。」

冷赫羲用哀怨的小眼神看著他，「我不能留下嗎？」

「冷導你是開玩笑嗎？床這麼小，我倆怎麼睡？」

「你睡我身上就行。」

這人又在說渾話！

這種地方他怎麼住得慣，闕望舒也不想委屈他，「快走啦，再不走我喊警察杯杯了。」

冷赫羲被人給轟了出來。

門內的人開心地落下了一滴淚。

門外的人走了，心卻遺落在如茵的草原上。

4

「謊言」打造了我們的真實不是嗎？

時間來到電影開機的前夕。

作為撒錢最多的投資方，程炫清邀請《心跳》劇組的兩位導演，以及飾演魏雲的秦恕川、韓語非的常瑾心和周南禮的鄭黎三位主要演員一同吃飯。

冷赫羲跟王導已經在包廂聊天，分別對他們的特質交換一下想法，才聊沒幾句話，程炫清跟秦恕川就一起出現了。

程炫清招呼道：「有事都坐下再聊。」

人在包廂外的鄭黎倚著牆，抬頭看看天花板又低頭看看地板，問：「這頓飯一定要吃嗎？」

「能不吃嗎？」闞望舒反問。「吃飯而已，難不成還能要你的命？」

賠上命倒是不至於，賠點其他什麼的，就不可知了。

反正還有人沒到齊，鄭黎不想現在就進去，只能找話題聊：「哥，你怎麼這麼香？」

闞望舒心虛地低頭嗅了嗅，「我怎麼聞不出來，還不是和以前同一個味。」

鄭黎輕輕靠近他，青草香氣裡隱藏著一股淡淡的花香，煞是誘人。「你是我聞過最香的Beta。」

「瞧你嘴甜的，進去也這麼說話我就放心了。」闞望舒有點心慌，語氣卻很平靜。「那是你還沒聞過真正香的；但如果你喜歡上一個人，肯定覺得他哪兒都香。」

一陣濃郁花香撲面而來，意興闌珊的鄭黎突然整個人精神為之一振。

身為Omega的闞望舒遇見另一個Omega不應該充滿恐懼，他卻下意識地退了一步把身子緊緊貼在牆壁上。

他努力控制自己發顫的雙唇，緩緩吐出幾個字：「瑾公子您好。」

常瑾心把闕望舒當作壁紙，視而不見，反而對他身邊的鄭黎說：「小帥哥怎麼不進去？」

鄭黎一時被這股強烈的香氣勾了魂，暫時失神好幾秒才緩過來，把包廂的門打開，做了一個手勢，「瑾哥，請。」

過分芬芳的香氣隨著一襲白色正裝的常瑾心飄入了包廂裡。

眾人都被常大美人迷得神魂顛倒時，冷赫羲只冷冷說了一句，「鄭黎，過來坐我旁邊。」他看見了站在門口的闕望舒，喊道：「闕經紀人進來一起坐。」

闕望舒是冷赫羲的私人助理，同時也是鄭黎的經紀人，這點程炫清再清楚不過，邀請道：「望仔，好久不見，一起坐，快進來。」

闕望舒很清楚自己的身分，婉拒道：「我只是送鄭黎來，公司還有事等我回去處理，改天我和駿哥再請程總吃飯。各位，我先失陪了。」

江駿和程總的關係常瑾心略有耳聞，愛屋及烏，對闕望舒親切的態度常瑾心便沒那麼在意；但始終態度淡漠的冷赫羲居然對闕望舒以禮相待，會不會是因為鄭黎的關係？常瑾心看著故意坐去冷赫羲對面的鄭黎，突然覺得有點意思。

常瑾心聽聞程炫清喜歡Alpha，他掃視包廂一眼，果然A到爆，害得他想抱程炫清大腿的念頭頓時全被捻掉。

最後，常瑾心選擇冷赫羲旁的位子坐下，小聲且充滿歉意道：「今天的劇本圍讀沒能出席，十分抱歉。」

圍讀劇本不僅能讓演員更深入理解角色，也能熟悉的劇組人員，提高戲劇本身的製作品質。身為演員的常瑾心不可能不知道，可他卻故意不出席。

按冷赫羲在K國的作風，常瑾心圍讀沒有到場，他除了發一頓飆之外，也可能直接換角。他不欣賞那種不敬業的工作態度，可是他一聞到那花香味，升起的怒氣又逐漸散去。

冷赫羲說：「相信你的演技不會讓我失望。」

「冷導，我敬你一杯。」常瑾心拿起酒杯，眉目之間風情流轉。

「菜都還沒吃就喝酒會傷胃。」

常瑾心以為這是冷赫羲在關心他，笑了笑，說：「冷導說得對，我們吃飯。」

坐在對面的兩個人眉來眼去的，鄭黎看了就心煩，然後視線就和程炫清撞上了。

「小……」鄭黎怕在場的人誤以為他在攀關係，立即改口道：「程總您好。」

程炫清親暱地喊著：「小黎啊，我沒想到你也有參加演出，有什麼需要盡管和我說，別客氣。」

「謝謝程總的關心，要是冷導也對我如此上心就好了。」鄭黎就是故意說給冷赫羲聽的。

冷赫羲冷冷地看著他，「我對我的演員肯定上心的，尤其是新人，有機會我會好好『指導』你。」

程炫清見兩人談出一股火藥味來，打了個圓場，「赫羲啊，資金如果不夠再和我說。小黎年紀輕，別拿出你在國外那套嚇他。」

秦恕川早就聽聞冷赫羲在國外的作風，問：「冷導曾經對演員說過最重的話是？」

冷大導演的拍片語錄鄭黎略知一二，但他可沒有傻到從自己嘴巴說出來。

冷赫羲覺得這根本不是個事，說：「你的表演沒有對自己『誠實』。」

乍聽之下雖然不是在罵人，但小演員聽見冷厲的大導演冷哼這一句，估計也得難過個三天兩夜。

「說得太好。誠實面對自己，心才會真正自由，表演才會真實。」秦恕川不得不佩服這位年紀和自己相仿的導演。他對旁邊的鄭黎又說：「你那個平面廣告拍得很漂亮。」

「沒想到恕川哥居然關注我了，真是受寵若驚。」鄭黎還挺喜歡眼前這位大帥哥的，比起冷導演那副高冷模樣，秦恕川親切、平易近人，被票選為最A的國民男神，當之無愧。

「南禮是我暗戀的對象，我的心都在你的身上，我怎麼可能不注意你呢？」

秦恕川說的雖然是劇中人物魏雲喜歡周南禮的事，但聽在鄭黎的耳裡反而有幾分調情的意味。

「可惜啊！魏雲遲遲不敢表白，他要是對自己『誠實』一點，」鄭黎看了冷赫羲一眼，「早就和周南禮成為一對了。」

猜測這幾人關係的常瑾心，默默聽著他們的對話，終於開啟朱唇，「……魏雲對韓語非照顧得無微不至，韓語非是真的喜歡魏雲的。」

「韓語非只不過是習慣了魏雲，那不是真愛。冷導您同意我說的嗎？」這劇本某部分是冷赫羲的自我投射，鄭黎再清楚不過了。

冷赫羲回道：「韓語非對自己說謊。『謊言』打造了我們的真實不是嗎？」

程炫清聽他們聊起劇本有點插不上話，說：「不管是『誠實』還是『謊言』都無所謂，預祝你們拍片順利，電影大賣。」

這一頓晚飯吃下來，時間已經來到了九點，大夥紛紛離席，各自散去。

鄭黎一離開包廂，冷赫羲便追了上去。

冷赫羲問：「需要我送你回去嗎？還是望……經紀人來接你。」

「麻雀哥待會兒就來接我……」

闕望舒一進餐廳就看見他們兩個人在說話，站在旁邊等也是很尷尬，不好意思地說：「我去廁所一趟。」

他一進去聞到那濃烈的花香味就更尷尬了！

他正想轉身離開，常瑾心卻開口寒暄道：「之前沒認出是你，還真是抱歉。沒想到這次你真的撿到寶了，我看程總、冷導和恕川都挺喜歡他的。你說，他會不會就此扶搖直上？一人得道，雞犬升天，這對你何嘗不是好事呢？」

「對不起，鄭黎還在外頭等我，我先走了。」闕望舒明白這是在挖苦他，甚至還有些警告的成分。

「小心看好你的人……」

常瑾心話還沒說完，鄭黎就開門進來了。

「瑾哥，你也在啊。我們先走了。」鄭黎感覺廁所的氣氛不太對，拉著闕望舒離開。

他邊走邊想，會不會是方才在餐桌上得罪了常瑾心？等坐進車裡頭，他才問：「瑾哥是不是和你說了什麼，不然你的臉色怎麼這麼難看？」

「沒事，你別瞎猜。好好把握這次機會，哥哥我要發達全靠你了。」闕望舒擠出一個微笑給他。

車子在夜色奔馳，很快地就開進了大樓地下室。闕望舒看了冷赫羲傳給他的訊息一眼。

冷太陽：送鄭黎回去後來我家。

闕望舒陪鄭黎上了樓，又和他交代了幾句，「戲好好演，其他不重要的事別放心上。」

這句話聽起來反而像是自我安慰。

「喀啦」一聲，在確定鄭黎把門上鎖後，闕望舒便去了隔壁的A室。

冷赫羲看了看他有點生氣和無奈的小臉蛋，「吃醋了？我只是問鄭黎需不需要搭個便車。」

闕望舒瞪大雙眼看著他，「你早就知道鄭黎住這裡？」

「嗯。不然你以為我捨得你來回奔波嗎？每次從我這裡離開也都鬼鬼祟祟怕被人撞見似的，還不就是躲你的那顆小梨子，我說得對不對？」冷赫羲在他的額頭落下一個吻。

闕望舒默認了。

他在冷赫羲的身上聞到一股香味，眉頭微蹙，把他推開。

敏感的冷赫羲察覺到闕望舒細微的情緒變化，笑說：「原來你是吃常瑾心的醋，這次我說對了吧？這樣很好，我喜歡你對我的獨占欲。」

闕望舒不開心不是因為鄭黎，而是因為常瑾心，本來他想像隻受傷的小鹿躲進愛人溫暖的懷裡，告訴他自己今晚有多委屈、多難過。他迫不及待地想汲取愛人身上溫暖的味道，宛若沐浴在陽光下，這樣讓他覺得心安，覺得自己並不孤單。

幸好，這股令他「刻骨銘心」的香味瞬間讓闕望舒清醒過來，即便他再討厭常瑾心也不能和冷赫羲說。電影開拍在即，要是主角和導演心生嫌隙，他就是毀了冷赫羲作品的千古罪人。

冷赫羲看著心事重重的他，問：「今晚留下好嗎？」

還沒聞夠那信息素之前，闕望舒很想很想留下，但現在內心有個小小的聲音告訴他不行。「我回去了，你也早點休息，晚安。」

冷赫羲只要釋放出信息素，就能讓闕望舒乖乖地留下，可是他並不想這樣做，因為他知道傷害一個人只是眨眼之間的事，但撫平一道傷痕卻得花費一輩子的時間。

「回到家，記得打通電話給我。」

淡淡的青草香氣隨著闕望舒的離開消失。

闕望舒回到家洗了個澡，傳完訊息給冷赫羲後就把手機設成勿擾模式，折騰了半個小時後終於累得睡去。

自從和冷赫羲在一起後，闕望舒已經很久沒作噩夢，可是這一次，比這幾年以來的噩夢都還要更加真實，他彷彿回到那一天的拍片現場，一個聲音喊著他……

「無晴，你等一下站在男主角的側邊，記得別讓他擋住你漂亮的小臉蛋。」導演摸摸他頭上綁著青色束帶的假髮髻，又看著他一身淡藍的古裝，帥氣跟柔美感兼具，覺得要是他願意，捧他一把未嘗不可，「等一下收工時記得來找我。」

一個和他一樣大的少年在不遠處看著導演對闞無晴毛手毛腳，他的心裡不是厭惡而是忌妒，要不是他遲到了，讓闞無晴先化好妝，導演選的臨演一定是他，而不是闞無晴。

這不是闞無晴第一次面對鏡頭，卻是他第一次拍電影，他的內心其實非常焦慮。

他飾演的角色是跟在大少爺身旁的小侍從，露臉的次數並不多，但能和大明星同框讓他特別開心，臉上就染上一抹靦腆的微笑。

闞無晴端著茶水進書房，一緊張差點就被門檻絆倒，「導演對不起。」

「沒事，再來過。」導演笑著帶過。

鏡頭隨著闞無晴的步伐慢慢來到男主角面前，「少爺，請喝茶。」

男主端起茶杯、掀蓋，動作自然流暢，他看了那碗琥珀色的茶湯，發覺闞無晴一雙漂亮的眸子比這茶湯還要清澈，讓人不禁想嘗上一口。

一收工，闞無晴就進了更衣室把戲服脫下來。或許是因為方才太緊張，他才沒發覺自己的身子有些燥熱，還散發出幽幽的冷香。

一旁的Omega少年走了過來，說：「你是不是發情了？」

闞無情一愣，難怪演戲時男主角用那種曖昧的眼光看著他。他沒空管還在頭上的髮髻，翻著背包想找出抑制劑。

少年從口袋裡掏出一管藥劑，「給你。」

闞無晴對於和自己同樣身為Omega的少年毫無防備之心，開心地接過藥品，「謝謝你。這藥多少錢？我給你。」

「不用。你還是趕緊喝了。」

少年看著闞無晴喝下抑制劑後，他就笑著離開。

喝下冰涼的抑制劑，闞無晴覺得身體更熱，心跳也更快了，梅花香味的信息素逐漸釋放出來，幾分鐘過去，他發覺自己的信息素味道似乎變淡了，反而散發出一股令人作嘔的腐敗氣味。

他驚慌失措地往廁所裡躲。

有人說：「廁所怎麼會那麼臭，究竟是誰在拉屎啊？」

「臭氣熏天的，我們快出去。」他見少年要進入便阻止道：「你還是別進去，染上那惡臭，洗上三天三夜都洗不掉。」

少年進了另一間廁所，拿出仿梅花香的信息素噴在後頸上，然後也噴灑了一些在空氣中，他停留了一會兒後，帶著春風得意般的笑臉走了出來，恰巧遇上了導演，他害羞地問：「導演，今晚有空嗎？」

躲在廁所瑟瑟發抖的闞無晴不知道外頭發生了什麼事，況且他本來就沒打算被導演「潛」，現在就算他願意，導演肯定也不要了。

喧囂的片場已經安靜下來，他終於承受不住悲痛，輕輕啜泣起來。

為什麼是我？我又沒做錯什麼？

他把世界哭成了末日。

等到淚水流光，那股惡臭才緩緩散去，再次釋放出淡雅的花香。

今天，《心跳》劇組要拍的第一場戲是魏雲和周南禮在大學重逢的戲碼。

拍攝的外景地點位在J大那座小有名氣的情人湖，圍觀的學生一傳十，十傳百，人牆一層又一層，把現場堵得水泄不通。

鏡頭下的秋日午後，陽光正好，湖畔邊一整排的落羽松染上金黃，倒映在波動的湖面上，像似一幅剛完成尚未乾燥的水彩畫，充滿詩意。

周南禮站在湖邊望著絕美的景色望得出神，直到聽見有人大喊：「快讓開、快讓開……」

他回頭一看，一輛失控的自行車衝著他而來。

魏雲把大長腿當煞車用，但效果不彰，車子仍是搖搖晃晃往前直衝。他怕撞上周南禮，龍頭一拐，沒撞上直挺挺的樹幹，反而逕自衝進了湖裡。

與車子擦身而過的周南禮，以為自己已逃過一劫，沒料到車子入水前從上頭跳下來的魏雲踉蹌後退了幾步，直接撲進周南禮的懷裡。

反應不過來的周南禮被這麼一個大活人一壓，一屁股跌坐在地上，畫袋裡的水彩顏料掉出來，還撒了一地。

冷赫羲喊道：「卡。下一幕就魏雲壓在周南禮身上開始。都沒受傷吧？」

闕望舒走過來，拉起鄭黎的輕微紅腫手掌看了看，塞了一個迷你冰袋給他，「先敷著。」

冷赫羲檢查了剛剛拍攝的片段，用餘光瞄著闕望舒他們，然後抓緊時間繼續拍。

鄭黎屈著長腿、屁股落地，雙手撐在兩側，秦恕川走了過來，雙膝一前一後跪在鄭黎的雙腿之間，手越過他的肩，落在他身後的土地上。

唇與唇只有一朵花的距離，顯得十分曖昧。

「小黎，你的睫毛真長、真漂亮。」秦恕川微笑道。

鄭黎還來不及說些什麼，就聽見「三、二、一，Action!」

周南禮開口說：「學長，好久不見。」

把別人的臉看紅的魏雲說：「好久不見，你也念這所大學嗎？」

周南禮點點頭，「學長能先起來嗎？」

魏雲正要起身，但手沒撐好，一滑，唇就覆上周南禮的唇。

「對不起，我不是故意的。」魏雲怕他誤會，急忙解釋。

聞言，周南禮的臉這下比地上的玫瑰色顏料還紅了；而盡責的攝影師則給了這贊助商的水彩產品一個清楚的特寫鏡頭。

魏雲起身後，伸出大手，周南禮害羞地把手遞給他，魏雲稍稍施力便將他拉了起來。隨著導演的一聲「卡」，這幕戲就暫時停留在這裡。

鄭黎知道這個吻是意外的，但當時導演沒有喊卡，他只能繼續演下去，所以現在他的心情莫名複雜，一個不留神，白色的球鞋踩上了那條玫瑰紅，霎時黃黃的土地上綻放出一朵紅花來。

秦恕川被他一臉懵然的表情吸引，往前一步，一不小心也踩中顏料，瞬間多出了一片綠葉。他的表情很真摯，「小黎，哥剛才真的是不小心的。」

鄭黎知道他不是故意的，「沒關係，恕川哥不要在意。」

「待會兒收工後，我請你吃飯。」

「好。我可以找經紀人一起去嗎？」又不是約會，多一個人熱鬧，鄭黎是這樣想的。

工作人員把腳踏車從湖裡撈了出來，著手整理場地。喜愛畫畫的鄭黎看不慣顏料被扔在地上，隨手撿起幾條，一旁的秦恕川見狀也蹲下來，幫工作人員撿拾散落一地的顏料。

闞望舒拿出溼紙巾對鄭黎說：「擦擦。」也遞給秦恕川一張。

秦恕川接過，「謝謝。我等一下和鄭黎一起去吃飯，闞兄也一道去。」

「我也要去。」從後頭冒出來的冷赫羲突然插話道。

「冷導賞臉，求之不得。」秦恕川喚來助理，讓他把餐廳訂了。

不久後，四人來到高級的西餐廳。鄭黎有些小興奮，因為他已經很久沒有吃過美味的牛排了。

坐在鄭黎旁邊的闞望舒拿起水杯，「以水代酒，鄭黎還請兩位多多關照。」

秦恕川說：「一定的。和小黎炒CP我也樂意。」

鄭黎說：「我還以為你和瑾哥是一對，和我組CP……感覺我占你便宜了。」

「你們別玩得太過火。」冷赫羲頓了頓又說：「重點還是電影本身。」

闕望舒吐槽道：「咱們就不該邀請冷大導演加入。我們這種宣傳手法，冷導嗤之以鼻。」

鄭黎火上加油，「麻雀哥說得好，冷導還是專心拍戲，八卦、緋聞就不勞煩您操心了。」

鄭黎貼近闕望舒的耳朵不知道在嘀咕什麼，看得冷赫羲差點要把鄭黎拖去廁所。

闕望舒聽完後，一臉驚訝，「小梨子，你確定要玩這麼大？你得問問川哥能不能接受。」

秦恕川當然知道他們在密謀什麼，說：「為了周南禮，魏雲沒有什麼事做不到的。」

冷赫羲沒想到吃頓飯，還真的吃出緋聞來。

晚餐結束後，秦恕川親暱地摟著鄭黎的肩走出了餐廳。跟在後頭的闕望舒一直忍著不敢笑，他看了一旁冷若冰霜的冷赫羲一眼，「這麼嚴肅做什麼？這圈子就是這樣，你不要緋聞，緋聞自己來找你。我們自己製造還能控管品質，要是被八卦記者扒出來，死的都能說成活的。」

冷赫羲突然覺得除了拍電影之外，其他的事都太難了！

「昨晚你……」冷赫羲忍不住撥開他鏡框上的瀏海，靠近他耳邊，小聲說：「今晚來我家。」

闕望舒渴望他的擁抱，因此沒有出聲，只是含笑地微微點頭。

而在前方的兩個人除了沒有接吻，公共場合能做的事都做了。

秦恕川的助理來接他了，他坐進車裡，就把車窗降下來，「小梨子過來，哥有話和你說。」

鄭黎傻傻地把頭探了過去，秦恕川冷不防地啄了他一口，笑道：「你的唇還挺軟的，再見。」

闕望舒以為自己看錯了，急忙跑過去問：「他幹嘛親你？」

「我不知道，八成是鬧著玩的。」

鄭黎今天被奪走銀幕初吻！

鄭黎今天被奪走初吻！

鄭黎今天被秦恕川奪走銀幕初吻和初吻！

鄭黎瘋了！

冷赫義瘋了！

闕望舒也瘋了！

他讓冷赫義先走，故意在車上和鄭黎聊了一下，「你別擔心，就那麼四分之一秒，還那麼暗，照片肯定是糊的，打死不認就行了。」

「哥，說得好像你有經驗似的。」

「沒經驗，這經驗都是別人的。」闕望舒把人送進家門，轉身就去會情人了。

闕望舒一踏入大門，他就被冷赫義摁在門板上扎扎實實地吻了一頓。

「以後不准你靠鄭黎那麼近。」冷赫義吮咬著他的耳朵呢喃道。

「你說小梨子會不會喜歡上秦恕川？」闕望舒覺得要是真的這樣，這緋聞也不算緋聞了。

「你這時該關心的人只有我。如果事情搞不定，我再幫你搞定。」

「你有門道？」

冷赫義堵住這張喋喋不休的小嘴，直到闕望舒腿軟才鬆口，抱起他走進了寬敞的浴室。

「我們要在浴室做嗎？」闕望舒看著明亮的鏡子就害羞。

冷赫羲只是想抱著他一起泡個澡，「如果你想，我也不反對。」

闞望舒猛搖頭，「以後再說吧。」

冷赫羲抱著闞望舒泡在浴缸裡，安安靜靜地聞著他誘人的信息素，什麼話都沒有說。

昨晚沒睡好的闞望舒泡得舒服地想睡覺，不知不覺地閉上了雙眼。

冷赫羲把睡著的人抱回床上，闞望舒就醒了。他的手在闞望舒的分身摸了又摸，被熱水泡軟的後穴一下子就水光淋漓。

信息素這東西不是腦子想控制就能控制的，闞望舒不由自主地散發出魅惑人心的香氣引誘著他。

冷赫羲想看闞望舒騎在自己身上浪的樣子。他躺下，一手墊在腦袋上，說：「自己騎上來。」

闞望舒害臊問：「一定要嗎？」

冷赫羲光是想，就把老二想硬了，怎麼可能放過他。他釋放出強烈的信息素，闞望舒受不了這味道的誘惑，慾望戰勝羞赧，他抬起長腿跨坐在冷赫羲的身上，慢慢地把滾燙的巨物吞了進去。

「啊！」冷赫羲發出舒爽的一聲，「自己動起來。」

闞望舒有點倦，但身體又很想要，徐徐扭動腰肢，試著讓自己舒服些。

巨物在他的身子捅著，後穴受不了刺激慢慢地緊縮絞著巨物，冷赫羲又是呻吟了一聲，他沒法繼續安逸地躺在床上享受，坐起身來，托高闞望舒圓潤的臀部，操了起來。

「赫羲，慢點……我會被你操死。」花心被撞麻，肉壁被磨熱，闞望舒有點受不了如此猛烈的侵入，短促的低喘逐漸變成了甜膩的長吟。

那股暖意透過肉壁滲入骨髓，無聲無息逐漸匯成一股強勁的電流，霎時在他體內漫開……

冷赫羲直接把闞望舒操射了。

他用食指沾了射在自己腹部的白濁，嘗了一口，居然甜得像花蜜一樣美味，「你嘗過自己的味道嗎？」

眼神迷離的闞望舒搖著緋紅的小臉蛋，不曾想過他會做出如此情色的舉動，接著又聽聞冷赫羲柔情蜜意道：「是我喜歡的味道。」

闞望舒覺得自己實在是太幸福，用水汪汪的眼眸深情地凝睇他，緊緊抱著他，手指在他寬闊的背部抓出幾道愛的痕跡。

兩人如同走進一片雪白的梅林，含苞待放的花朵，香味淡雅，深入其中便是馥郁芳香。一陣冷風輕拂而過，枝椏末端的盛開花朵顫啊顫，又一陣凜風吹過，花朵經不住催促，從空中飄蕩下來，白梅再染上一抹紅。

精疲力盡的闞望舒枕在冷赫羲溫暖的臂彎沉沉睡去。

冷赫羲放在床頭櫃上的手機的提示燈閃了一下，他一看立即把電話接起來。

「小舅，你怎麼還沒睡？」

「赫羲，你和望……舒的事是真的嗎？」

他傳來一張冷赫羲撥弄闞望舒瀏海的圖。冷赫羲並沒有親闞望舒，只是這角度和借位接吻沒兩樣，令人浮想聯翩。

「喜歡他是真的，但我沒親他。」看著酣睡的親密愛人，他很滿足。「幫我撤了，謝謝舅。」

「要是撤了，就該鄭黎上頭條了。」

冷赫羲嘴角微微上揚，「把車子接吻那張撤了就行，劇照沒關係，畢竟在現場圍觀的群眾都看見了。」

「行。望舒是個好孩子，千萬別傷他的心，你也早點睡，別再折騰他。」

「……」折騰人這事他居然也猜的到，冷赫羲頓時無法言語。「舅舅晚安。」

聽聞闕望舒呼吸平緩而綿長，冷赫羲感覺內心滿足而平靜，一連親了他幾口後，才擁著愛人入眠。

晨光從窗簾和窗簾的縫隙中射了進來，細細長長的一束光，落在床尾纏綿的四隻腳丫子上。

一夜無夢，闕望舒醒來時精神特別清爽。他轉身、伸手，一碰到櫃上的手機，就被人撈回懷裡。

冷赫羲雙眼未睜開，口氣帶著幾分酸味，「一早就關心你的小梨子，難道還怕人把他吃了不成？」

「經紀人的一天從手機開始，也從手機結束，你又不是不知道。」闕望舒滑開手機看了《汪汪最前線》娛樂新聞的獨家報導，嚇得差點摔下床。「為什麼我們也在上面？」

被他這麼一嚇，冷赫羲不得不睜大雙眼湊近一瞧。

原來是把他們當背景了！

「焦距又沒在我們身上，模模糊糊的，別瞎擔心。」他看了下面的內容，「只有提到冷導和『鄭黎的經紀人』也在場。沒見過像你心臟這麼弱的經紀人。」

闕望舒不甘心被人說自己弱，噘嘴道：「我要是真的弱，現在就不會躺冷大導演的床上。」

「我的床也就只有闕大經紀人敢爬。」冷赫羲輕輕捏了捏他微翹的鼻尖。

「老是三更半夜才發文，都不讓人睡是嗎？」闕望舒自言自語說了一句，撥開他的手繼續看八卦新聞底下的留言。

來自星海：球鞋腳下死，做個「色」鬼也風流。

只愛梨子：好想成為黎子弟弟指尖那一抹紅。

淘氣小惡魔：梨子的腿不是腿，是川哥望眼欲穿的春水。

甜不辣：川哥賴在梨子身上的樣子好萌！

妥妥是個A：看梨子一臉驚愕（請仔細看照片），肯定是被人故意「加戲」。（哈哈哈）

川味鳥梨最好吃：一吻定「黎」山。我愛川梨CP！

甜不辣：還是那句老話——兩A相逢必有一O，真香！

被Alpha標記：腳踏車嚇壞湖裡的魚了！還有，Alpha和Omega才是天生一對。（瑾公子快出來）

本是一臉姨母笑的闕望舒，看見「瑾公子」這三個字便立即斂去笑意。

「怎麼，看見黑粉了？」冷赫羲問：「起床吃早餐，還是你多睡一會兒，我幫你送鄭黎去片場？」

「導演你是不嫌事多嗎？要是讓人發現你們住同一棟大樓還得了。」

「住同一棟樓怎麼了，犯法嗎？」冷赫羲在闕望舒的胸口狠狠地咬了一口，「今天拍完這場戲，明天要去S市待上幾天，你會陪鄭黎去嗎？」

那日鄭黎和程炫清一夥人吃完飯回來，曾經提過要把常瑾心的部分戲分先拍了。

一是因為檔期軋不上，二是因為常瑾心的發情期恰好趕上了。但冷赫羲沒提的是：他實在擔憂Omega發情會影響劇組人員的工作情緒。

而枕邊人闕望舒沒想到冷赫羲為了常瑾心能有好的演出，竟願意調整早就排好的期程。

他真的不想再和常瑾心有任何交集，說：「我不去的話，小梨子能麻煩你照顧嗎？」

「我是無所謂，但腿長在他身上，他愛上哪我可管不著，難保他不會被恕川拐跑。」

「川哥的為人我是知道的，他不是那種人。」

「哪種人？Alpha發起情來，自己都管不住。」

「……」闕望舒起身，單薄的身子和勻稱的長腿被套上了衣物，他攏攏肩上的頭髮，紮了一個低馬尾，戴回眼鏡時，他的電話就響了。

「駿哥，你找我。」

江駿的聲音清晰地從話孔傳了出來，「你和鄭黎是怎麼回事，才第一天拍戲緋聞占了頭版？小黎的人設是氣質路線的校園王子，從明天起你就寸步不離待在他身邊，別讓他的人設崩了！」

闕望舒一臉無奈地在電話這端直點頭，稍後把電話掛了。

「原來他還有人設，我還以為他就是個裝A的小O魔。」冷赫義笑了笑，摸了摸闞望舒如花朵般的小馬尾，「照顧鄭黎時，記得順便照顧我。」

闞望舒直接走出冷赫義家的大門，看見鄭黎開門出來，揮揮手說：「黎子早安。」

鄭黎的視線越過闞望舒看向身後的他，抽搐著嘴角，「冷……導真巧啊！」

闞望舒回頭一看，也嚇了一跳，擠眉弄眼暗示：你怎麼不晚點才出來？你說現在該怎麼辦？

冷赫義等闞望舒回過頭去，在他後頭做口型給鄭黎看，「別穿幫了！」

闞望舒看著兩人笑了笑，接著演，「冷導真巧，原來你也住這裡。」

三人尷尬地笑著，一同搭了電梯來到地下室，各自上了自己的車，這挖坑自己跳的危機才解除。

窗外的風景一幀幀掠過，不久後他們就來到J大校園。

闞望舒提醒道：「口罩和帽子先戴上再下車。」

「我覺得我和川哥的緋聞沒有爆點，大家是不是真覺得我們就是為電影炒作而已？」

鄭黎不提緋聞這事還好，一提闞望舒就想起江駿的叮嚀，「駿哥讓你穩住，人設不能崩！」

我都不知道自己還有人設。鄭黎心道。

「反正今日你自己注意點，私下不要和川哥過分親密，知道嗎？」

「我就是把他當哥看，沒別的意思。」

闞望舒點頭頭表示知道了。「趕緊下車，別遲到了。」

兩人來到J大美術系的西畫教室前，鄭黎探頭望了一眼，發現工作人員已經架好攝影機、擺好道具。他轉身進了一旁暫時充當梳化間的教室。

秦恕川正坐在裡頭化妝，一看見鄭黎的人影，他就開心喊：「小梨子，過來坐我旁邊。」

「川哥，早。你今天的服裝特別帥。」

秦恕川今天脫掉運動風服裝，穿著休閒襯衫和一條合身的黑色長褲，看起來特別斯文。「今天是要告白的劇碼，魏雲當然要精心打扮。」

鄭黎只記得今天他要畫畫，完全忘了魏雲要和他告白，想起昨日那吻，只覺得秦恕川就像他在K國的朋友一樣，特別調皮。

梳化好的鄭黎，身上的襯衫袖子被挽了起來，頭髮蓬鬆自然，拿著畫筆坐在畫架前。

秦恕川正在門口站著，等「Action」一聲令下，他就變身成內心忐忑不安、步伐卻故作輕鬆的魏雲，徐徐走進教室。

窗外的光灑了進來，淡淡的。

光落在周南禮的身上，卻帶出一股清澈、碧綠帶苦味的大地氣息。

來到周南禮身邊的魏雲深深被這香氣吸引。

周南禮沒有站起來，依舊神態自若地揮灑彩筆，寥寥數筆，桂花灑落一地秋意，淺淺黃黃的秋天散發著淡雅的清香。

「學長怎麼知道我在這裡？」周南禮問。

魏雲第一次見到周南禮就是在高中的美術教室。他第一次發現Alpha也有長得如此俊美的，就像從畫中走出來的人一樣，但那時他只敢遠遠地看他，而不是像現在大膽地站在他面前。

「真美！」魏雲想了半天只有這兩個字，簡單又貼切。

「我自己也覺得畫得挺漂亮的。」

「我說的是你。」魏雲眼中全是他，「我喜歡你，周南禮。」

「卡。」冷赫羲走了過來，對秦恕川說：「魏雲是帶著韓語非給你的勇氣來和周南禮告白的。如果告白失敗了對魏雲是很大的打擊，因為他一直認為自己配不上他，所以你的眼神除了熾熱、歡喜，還要有一絲絲緊張。」

「鄭黎你跟我過來。」冷赫羲把他帶到無人的角落，「你是不是進入易感期了？」

「你怎麼知道？」

「我聞到了。」這味道他再熟悉不過。

「我早上出門前就打過抑制劑，你放心。」

「等一下接吻，你是要直接上還是借位？」

鄭黎沒想到接個吻雷厲風行的冷大導演居然會同意借位，難道是轉性了？「我都行，你問問川哥的意思吧。」

他們走回去。冷赫羲拍拍秦恕川說：「吻戲不借位，小黎沒經驗，你帶戲。」

場記板一拍，「Action!」

「我喜歡你，周南禮。」魏雲的眼中充滿熾熱的深情，渾厚的嗓音透露著些許的緊張。

周南禮心中小鹿亂撞，眼角是掩不住的羞澀和歡喜。

魏雲一步步逼近，他緊張地站了起來，慌亂地想抓住些什麼。

「砰！」畫架應聲而倒。

「卡。」

鄭黎低頭道歉：「導演對不起，我太緊張了。」

道具組過來將畫架立起、擺正，接著又繼續拍。

周南禮站了起來，想要放下手中的畫筆，結果又把畫架推倒了。

「卡卡卡。」

道具組說：「導演，畫髒了。」

「先擺上，後製處理。」冷赫羲厲聲道：「清場。」

教室內除了冷赫羲、兩位演員和攝影師，其他人都離開了教室。

「周南禮是喜歡魏雲，不是害怕魏雲，別把恕川當殺人魔好嗎？調整一下情緒，兩分鐘後開拍。」

鏡頭再次對準了他們。

周南禮站了起來，魏雲輕輕抓住他的肩，問：「你喜歡我嗎？」

「喜歡。」周南禮不敢直視那灼熱的視線，把眸子垂了下去。

魏雲雙手捧起他俊俏的臉蛋，唇徐徐印了上去，若有似無地吮咬水嫩的薄唇。

鼻息之間全是秦恕川微辛微香的信息素。鄭黎不討厭這個味道，但他不習慣這個吻，微微後傾又被秦恕川拉了回來，他還拿著調色板和畫筆的手，不知安放於何處，最後撫上秦恕川的腰際，畫筆順勢滑落。

「卡。過。」冷赫羲一喊，他們都鬆了一口氣。

稍早，就是秦恕川和鄭黎深情接吻時，常瑾心帶著一些飲品來探班。

「大夥怎麼都在外頭，難不成提早收工了？」常瑾心沒想到這兩人拍得如此順利。

有人說：「是清場。」

「清場？」常瑾心笑了笑，「大家喝飲料。」

攝影師從教室裡走出來，闞望舒就像在躲什麼人卻又漫不經心地走進去。

冷赫羲被他們的情難自禁下釋放出的信息素搞得眉頭微蹙，想找闞望舒蹭一蹭，沒想到他就主動投懷送抱了。

他把闞望舒拉到窗邊，「你來得正好……」

「導演，」常瑾心也走進來，「都來喝飲料。」

兩股不同的Alpha信息素讓他略有不適，他還是面帶笑意忍住。

見常瑾心往冷赫羲這邊走，闞望舒識趣地說：「我去看看黎子如何？」

超A的信息素闞望舒也不是沒聞過，但這兩股信息素截然不同，融合在一起卻又毫不違和——辛香中帶著一股微甘微苦的大地氣息。

闞望舒仍是微微皺眉，問：「吻戲拍得還順利嗎？」

秦恕川笑說：「比起我第一次拍吻戲吻到嘴唇都腫起來，這次真的很順利。」

國民男神究竟是拍過多少吻戲，鄭黎連想都不敢想，他摸了摸自己的嘴唇竟覺得有一絲絲生氣。

等秦恕川過去和常瑾心打招呼，闞望舒才又悄聲說：「我先回去準備明天去S市的換洗衣物。今天拍完戲，你就和冷導一起回去，可以嗎？」他知道冷赫羲不會拒絕他的請求。

「可以，如果他願意載我一程的話。」鄭黎發現他最近的臉色時好時壞，「麻雀哥，你是不是不舒服？」

「沒事，我先走了。」對於常瑾心，闞望舒能避則避，他離開教室前傳了一則訊息給冷赫羲：請幫我送鄭黎回家。謝謝你，我的大導演。

他離開J大，回到屬於自己的小窩。

5

為何他如此執著那股味道？

翌日一早，劇組人員已搭乘一輛大巴士先行前往S市。另一輛小巴士裡頭，除了導演外都是演員和他們的助理。

常瑾心最後一個上車，他想走到冷赫羲旁邊坐下，卻被鄭黎搶先一步。

車子開動後，冷赫羲咬耳朵問：「闞望舒人呢？」

「他說他要順便回家一趟，所以自己走。」大導演關心一個小經紀人，鄭黎覺得有點奇怪，「晚一點在飯店和我們會合。」

「他是S市人？」

「聽駿哥說，他是上大學後才來M市的。」

冷赫羲若有所思，閉目養神。

三小時的車程，大家沒有在車上閒聊，幾乎都在補眠休息。抵達S市時已經是中午，眾人在餐廳用完餐，分配好房間後，下午沒有安排工作，有的人說要去逛老街，有的人說要去觀光漁港繞繞，兵分好幾路自由活動。

冷赫羲叫了一輛計程車，前往拍攝地點S市的第二高級中學。

「大叔，我是電影《心跳》的導演，我能進去看看嗎？」冷赫羲說著，一邊拿出證件。

「我有收到通知。」他掏出一串鑰匙，「這是校舍的鑰匙，給你。你和剛剛進去的那位年輕人走了以後，記得幫我把大門帶上，我還有事，我先走了。」

冷赫羲接過鑰匙並道謝。劇組有這麼用心的人嗎？冷赫羲倒是想瞧瞧。

校園這麼大，人要從何尋起？

冷赫羲漫無目的走著，枯黃雜亂的草木都在提醒他，校園荒廢已有一段時間，連一隻狗都沒遇見，怎麼會有人呢？

秋日蕭瑟，他卻聞到一股熟悉的香味。他循著味道，彎腰穿過被拉起的鐵捲門，拾級而上，在二樓的樓梯口，他猶豫了一下，轉身看了孤寂的長廊一眼，踩著好奇地步伐前進。

「二年八班。」他抬頭看著班級牌，發現教室的後門半掩，空蕩蕩的教室居然有一個人趴在課桌上。

單薄的背影顯得異常孤寂，落在側邊的馬尾讓優美的頸部線條赤裸裸地曝露在冷赫羲眼前。

沒有人煙的校舍，冷赫羲不想嚇著他。他輕輕敲敲門，「同學等我嗎？」

闕望舒抬頭、回眸，些許驚訝，「你怎麼來了？」

教室蕩漾著淡淡的寂寞味道。

沒戴眼鏡的闕望舒稍顯稚氣，卻帶給人一種半透明、舒心的氣息。

冷赫羲在他後面的位子坐下，雙眼直勾勾盯著他的頸部。「你是二中的？要是我早生幾年，也不去國外留學，說不定我們能當同學。」

「或許吧，但你那時應該不會喜歡我。」

「誰說的？我如果坐在你身後，盯著你的背影，也能看上一整天。」

「上課要專心啊，同學。」闕望舒笑了笑。

如果能當彼此的同學，那青澀的高中生活又會變得何等有趣？

闕望舒第一次聽從內心的渴望，不想再隱藏身分，毫無忌憚地釋放出甜美的信息素誘惑冷赫羲。

教室彌漫著一股冷冽又芬芳的梅香。

闕望舒只是淺淺地笑著。冷赫羲沒有說話，也沒有動作，時間彷彿凝固，待他的手指碰到闕望舒的背脊時，被燃起情慾如流轉時間，在流逝中爆發。

冷赫羲的食指帶著慾望輕輕在闕望舒的背上來來回回描摹，彷彿這樣的觸摸就能緩解冉冉升起的情火。

但信息素太香，簡直像強力春藥。

他將闕望舒壓在窄小的桌面上，扯開他的襯衫，吻著他的喉結，咬著他的乳尖，舌尖在平坦的腹部舔了又舔。他把人翻了過來，褪去他的長褲，褲子滑落卡在腳踝，看起來很美也很情色，膨脹的慾望已然失控。他急不可耐地解開自己的褲子，掏出硬挺的巨物，抓住闕望舒纖細的腰肢，把慾望插入渾圓雪白的臀瓣之間。

趴在桌上的人，背部、腰部和臀部形成一道絕美的風景，讓他一嘗再嘗。

冷冷的梅香，令他深陷其中，魂牽夢縈……

「赫羲，」闕望舒喊著：「赫羲，你發什麼呆？」

韶光易逝，美夢易醒，冷赫羲回過神來，起立、俯身，在闕望舒雪白的脖子輕輕一咬，「想你！」

闕望舒沒想到自己赤裸裸地勾引他，他卻無動於衷，Alpha的意志力還真是可怕！

「走吧！時間不早了。」闕望斂起笑容，心想：原來別人口中的Omega小妖精，我還差得遠！但他不知道的是：默不作聲的冷大導演已經在腦子裡把人意淫了千萬遍。

他們離開校園，路經一座公園，便走了進去。

闕望舒問：「怎麼想選二中當拍攝的場地？」

中學校舍老舊，去年已經遷址重建，再拆除之前，冷赫羲想記錄這裡的一切，記錄那個偷偷在心裡喜歡了十幾年的人。

「我喜歡的人曾經在這個學校念過書。」

闕望舒還真的不曉得冷赫羲是個情種；但他怕自己醋意翻騰，所以猶豫著是否繼續追問。

他們來到梅園，凜冬未至，有幾朵提早綻放的梅花，但大多的梅樹都還是帶點綠。

「我第一次、也是最後一次見到他，就是在這個公園。」冷赫羲在長椅坐下。

闕望舒也在一旁坐下，「然後呢？你和他……」

「那時，他就坐在你坐的這個位子。我記得那天天氣很冷，還飄著細雪。從他身上傳來的信息素很香，好像寒梅綻放的味道，我就喜歡上他了。」

天空的白雲被風吹散，拉出一條毛茸茸的尾巴。闕望舒抬眸看著天空，似乎想起了什麼事。

冷赫羲讀不出他的表情，繼續說：「我從來沒有聞過如此誘人的味道。雖然當時的我只有十二歲，但我就對他說：『哥哥你是Omega吧，我長大要娶你。』」

熟悉的言語像一把鑰匙，開啟闕望舒記憶之門，塵封的往事逐漸浮上心頭，他無意識地摸了摸眉骨。「那時的他幾歲？」

「他穿著二中的制服；但也就只有那一面之緣，我再也沒見過他。」

闞望舒試著把自己腦海中的小男孩長相和冷赫羲重疊，心中「哐噹」一聲巨響。

他是因為那記憶中味道才喜歡上現在的我嗎？

為何他如此執著那股味道？

欺騙了冷赫羲，闞望舒已經不敢再多想，也暫時無法和他坦白，只能壓下心中千百種滋味。

冷赫羲沒想到他居然一副興趣缺缺的模樣，暫時將故事最精彩、最關鍵的部分擱下，說：「天色真的晚了，我們回飯店。」

低調簡約的飯店接待大廳。

櫃臺的服務員把門卡遞給闞望舒。他記得之前發給他的房號好像不是這個，問：「房號好像不對。」

她說：「很抱歉，我們發現那間房間的馬桶堵住了，所以免費幫貴賓升等。」

冷赫羲說了聲「謝謝」，推著闞望舒往電梯走，「升等剛好，我們就能住同一層樓。」

這次劇組人員和助理都住在十一樓，只有藝人和導演住在十二樓。現在闞望舒跑來住這個樓層，他總覺得怪怪。

來到房門前他突然覺得大事不妙，「我的房間為什麼在你的房間隔壁？」

「你問櫃臺啊。」冷赫羲賊兮兮地笑著。

闕望舒一推開房門，冷赫羲就跟了進去。

「你進來我的房間幹嘛？」闕望舒覺得他一定是瘋了。「人這麼多，就不怕被發現嗎？」

「你剛才在教室『勾引』我又是什麼意思？」

闕望舒還以為他無動於衷，沒想到居然是在忍耐，現在一回想起來，就羞得無臉見人。

「冷導，你、你你冷靜點。」闕望舒被嚇得猛後退，直到撞上床緣，跌坐在床鋪上。

冷赫羲像隻聞到肉香的惡狼，撲了上去。

闕望舒是來工作的，縱然心中百般抗拒，但陽光般的信息素一釋放出來，他的身軀就逐漸發軟、失去自制，轉而迎合他。

冷赫羲像是在玩弄獵物般，緩緩褪去闕望舒的褲子，用眼睛把人操了一次，「啊……真淫。」

他握住闕望舒粉嫩的分身，用手指輕輕撫了撫直冒水的前端，親了髮際一下才繼續解開他的衣物。每解開一顆釦子，他就吻他一次，從眉毛、眼睛、鼻尖、耳朵，還有那水嫩的雙唇都吻過一遍後，才完全褪去他的衣物。

冷赫羲按照在教室的幻想把闕望舒操了一次又一次。

「不要了。……啊啊啊……赫羲。」被操得渾身酥軟的闕望舒眼角帶淚，哭著求饒。

房門外的鄭黎喊道：「麻雀哥你在嗎？麻雀哥。」

冷赫羲拍了一下那雪白挺翹的臀部後把人轉正，扳開他的大腿，淫靡又豔紅的小穴一翕一張，蜜汁直流，冷赫羲笑著又把硬邦邦的巨物挺了進去。

闕望舒想叫又不敢叫，只能緊擰著床單，一朵可憐兮兮且嬌豔的花朵在潔白的床鋪上綻放，迷得冷赫羲心蕩神馳。

「『哥哥』，只屬於我一個人的，千萬不要對別人露出這樣的表情，知道嗎？」

闕望舒只當他喊哥哥是一種情趣，乖巧地點點頭。

一夜纏綿，讓他比平日睡得更沉，等他一覺醒來才發現劇組的人早就都去了二中，連今天沒有戲分的鄭黎也跟去了。

他打開手機一看，十幾則未讀的信息，一一回覆後，才看冷赫羲傳來的。

冷太陽：我的私人助理真可愛！

「可愛個毛線！」闕望舒捶了枕頭好幾下，然後嘴角蕩開一抹微笑。

他想起江駿要他看鄭黎的八卦，又讓他不要讓鄭黎知道，他開啟再次取得獨家的《汪汪最前線》頁面一看。

「鄭黎踐踏畫作，原作者傷心。」闕望舒知道他們說的是《桂花》那幅畫，「那是小梨子自己畫的，當然傷心啊。這記者是腦殘嗎？」

但他不得不佩服《汪汪最前線》的網站設計得很好，所以才會有一堆粉絲喜歡在下方留言，仔細一瞧，留言已經蓋了幾十層樓高。他隨意地把頁面往下滑。

被Alpha標記：雖然是道具，但也是別人的心血，快出來道歉。

邪惡的瘋子：不會畫畫就不要裝逼！

只愛梨子：黎子弟弟一定是不小心踩到的。

妥妥是個A：這「限量」鞋印超經典，這雙鞋要紅了。

甜不辣：求品牌orz！

淘氣小惡魔：梨子的畫不是畫，是川哥眼中的桂花。

只是路過：不會畫畫就不要裝逼！（+1）

看完留言的闕望舒替鄭黎抱不平，生氣地吼著：「路過就路過，還留什麼言，瘋子講的話也能信。駿哥說得對，還是暫時別讓小梨子知道，免得影響拍片的情緒。」

闕望舒才踏出房門，便發現劇組已經順利收工，趕在晚餐時間回到了飯店。

「一日不見如隔三秋！」鄭黎一看見闕望舒就開心地撲上去，「你昨晚上哪去了，我去找你好幾次你都不在。」

闕望舒心虛道：「昨晚……我和高中同學吃飯去了。有事嗎？」

「沒事啊，就是想你帶我去逛逛夜市。」

「晚點帶你去。肚子餓了吧，先去餐廳吃點東西。」闕望舒看見冷赫羲朝這邊來，「冷導辛苦了，一起去吃飯。」

一大群人湧入自助餐廳。

他們三人找到窗邊的位子坐下，秦恕川就走了過來，「我可以坐這裡嗎？」

闕望舒裝了兩大盤冷赫羲和鄭黎喜歡吃的食物回來，然後又去裝了一盤自己吃的。

秦恕川說：「小黎，昨晚的八……」

闕望舒夾了一塊壽司給秦恕川：「川哥你嘗嘗，這鮭魚握壽司挺新鮮的。」

鄭黎看著對面欲言又止的秦恕川。

秦恕川又說：「就是那個晝……」

「川哥川哥吃塊牛肉，這肉還挺嫩的。」闕望舒對著他擠眉弄眼。

秦恕川還以為闕望舒的臉抽筋，一時沒看懂他的暗示，正要開口繼續說，就感覺桌底下似乎有動靜。原來是闕望舒長腿一伸往對角線踩了一腳，結果冷赫羲皺眉看了他一眼。

啊！踩錯了！

闕望舒用求救的小眼神看著冷赫羲。

他鞋尖輕輕碰了碰闕望舒的鞋，意思是：求我出手的下場是什麼，你應該很清楚。

「恕川啊，明天的戲……」

秦恕川一聽見冷赫羲說電影的戲，暫時忘了鄭黎八卦的事。

結果一頓飯吃太久、吃太飽，就沒能去逛夜市。

隔日晚餐，劇組是吃便當，正好晚上可以再吃點宵夜。闕望舒和鄭黎正要出門的時候，恰巧遇上了冷赫義。

闕望舒問：「要不要一起去逛夜市？」

前腳踏出房門的秦恕川急忙說：「我也要去。」

這麼多帥哥走在一塊會不會太醒目？闕望舒就怕一群粉絲跟在他們屁股後面轉。

經紀人就是要幹助理的活，又要操軍師的心。闕望舒認了！

鄭黎嚷叫著：「走了、走了，我要吃串燒。」

夜市離飯店不遠，莫約十來分鐘的腳程便抵達了。夜市規模不大，就是一條約半公里長的街，再加上周邊幾條小巷弄，顯得人聲鼎沸。

一攤一攤的小販，有著各自的味道。

「麻雀哥，我要吃串燒。」小攤子的香味飄來，鄭黎聞得口水直流。

闕望舒見攤子前人多，讓鄭黎去買自然是不合適，說：「我去買，你在旁邊等著，千萬不要引人注目。」

闕望舒擠到攤前，點完菜，又擠出去，「我們先去前面逛逛，我待會兒再回來拿。」

他們經過射氣球的攤子，老闆吆喝著：「小帥哥來試試手氣。」

秦恕川小聲說：「拍戲時曾練過一陣子，我來試試。」他掏了一張紙鈔放在籃子裡。

他拿起一支飛鏢放在食指上，找到飛鏢的平衡點，然後用拇指輕輕壓住後向上翻轉，再用中指支撐，接著挺直背脊，雙眼瞄準目標，拉鏢、放鏢動作行雲流水一氣呵成。

期待的「砰」一聲並沒有出現。

「姿勢一百，但沒中啊，川哥。」鄭黎吐槽道。

「再讓我試兩支，一定就能找回手感。」秦恕川試圖挽回面子。

冷赫羲也買了一局，拿起飛鏢就射，連中三顆。

闕望舒說：「看不出來你這麼厲害。」

「射氣球還不是我最拿手的。」冷赫羲一臉正經地對闕望舒說。他一聽耳尖就紅了。

冷赫羲把另三支也射了。老闆的臉色有點不太好看，說：「神準啊，六支全中，上頭喜歡的都可以選。」

「喜歡哪一個？」冷赫羲轉頭問闕望舒。

闕望舒的視線從左邊掃到了右邊，又從右邊掃回了左邊，看見一個太陽造型的抱枕，說：「就老闆你頭頂上的那個。」

他取下抱枕拿給闕望舒，他摸了摸中間銘黃色的圓形，又輕撫過周圍那圈淡黃的光芒，細緻的手感，讓他非常喜歡。「謝謝冷導。」

「川哥你行不行啊？不能幫我射一個大的，那小的也行。」鄭黎羨慕地看向闕望舒。

最後秦恕川只射破一顆氣球，老闆拿了一枝棒棒糖給他，他把糖遞給鄭黎，「吃嗎？」

鄭黎剝開包裝紙，拉下口罩，把糖含入嘴裡，他的眉頭就皺了起來，「好酸啊，這究竟是什麼口味的？」他拿起捏在掌心的紙一看，「檸檬的，難怪了。」

口罩掛在下巴，鄭黎很快就被眼尖的人發現了，他立即閃到闕望舒的身邊去。只要粉絲不撲上來，闕望舒是不會趕人的。

人群中，一個看起來十歲左右的男孩拿著一杯現打果汁朝鄭黎走來，他笑著對鄭黎說：「梨子哥哥，這個請你喝。」

鄭黎看見可愛的小粉絲毫無戒心，也不好意思拂了他的心意，接過飲料、插上吸管，咻咻地喝了兩大口。

事情發生太快，在一旁的闕望舒也不及阻他，等小粉絲走了才在他身邊小聲說：「來路不明的飲料不要再喝了。」

鄭黎覺得他說得有理，點點頭，把飲料提在手上，繼續逛街。

又有人喊道：「是秦恕川，川哥好帥。」

秦恕川笑著揮揮手，往前走到冷赫羲的旁邊，「你不戴口罩怎麼都沒被人認出來？」

「我不夠紅。」

「……」秦恕川一臉尷尬，「等拍完《心跳》還有誰不認識你呢？」

他們走到尾端又折回，鄭黎想要吃的串燒也烤好了。他一打開袋子就飄出一股熱騰騰的香氣，拿起一根肉串，不顧形象地邊走邊吃了起來。

闕望舒拿了兩枝，一枝給秦恕川，一枝給冷赫羲。

冷赫羲接過肉串問：「你以前常逛這個夜市嗎？」

「偶爾。我家又不住這附近。」闕望舒說。

冷赫羲被小混混欺負的那一星期，他天天都往公園跑，就是希望能再見闕望舒一面。現在一想，說不定那天他只是恰巧經過公園，難怪自己會找不到人。

串燒吃完了，垃圾被丟入路旁的垃圾桶。

夜風習習，闕望舒雙手抱胸摩挲著手臂。

鄭黎把自己手上的外套遞給他，「你穿上，抱枕我幫你拿著。」

闕望舒把白色的外套穿上，冷赫羲把帽兜幫他拉上，握住他的手，說：「手怎麼這麼冰。」

幽暗的小巷弄遠遠才一處路燈，兩人偷偷牽手走了一段路。

冷赫羲說：「想不想演戲，我捧你。」

「明星是閃閃發亮的星星，我只是一顆小石頭，這哪行。」闕望舒看到鏡頭就害怕，還怎麼演戲，他連想都不敢想。「川哥和小梨子他們都走遠了。」

冷赫羲只想慢慢地和他並肩走著，「電燈泡終於不亮了。」

快到飯店前，闕望舒被路上的坑洞絆了一腳，一頭撞進冷赫羲的懷裡。

冷赫羲抱了他一下才鬆手，笑說：「你的眼鏡是裝飾用的嗎？」

還真的是裝飾用的，但闕望舒可不敢承認。

他們進了飯店，天空便下起毛毛細雨。一踏出電梯，就看見常瑾心和阿寶站在鄭黎的房門前。

闞望舒隱約聞到一股臭味，內心警鈴大作，他敲敲門說：「黎子開門。」

鄭黎開門了，一股長時間悶在鞋子裡的臭腳丫異味飄了出來。

常瑾心說：「阿寶去幫我買宵夜回來時和我說，他在鄭黎身上聞到一股臭味，所以我過來關心一下。」

站在一旁的阿寶其實就是始作俑者，是他給了逛夜市的小男孩一百元，讓他把飲料給鄭黎喝的。阿寶也曾想過他可能不會喝，沒想到惡作劇居然成功了，心中正暗暗竊喜。

他嫉妒鄭黎，為什麼同樣的年紀，他只配幫常瑾心提鞋、跑腿，整天讓人吆喝來、吆喝去，還得忍受常瑾心的喜怒無常?!而且他也很想知道，常瑾心給他的這管特殊的抑制劑對Alpha是不是同樣有效。

半個鐘頭前，他膽怯地告訴常瑾心自己的惡作劇，非但沒挨罵，常瑾心還誇他是個得力助手。阿寶不知曉的是：常瑾心一直覺得鄭黎的鋒頭有點太健，給他點教訓等於間接教訓了闞望舒。常瑾心一點都不想讓闞望舒過上好日子。

鄭黎捏著鼻子說：「我快被自己熏死了！」

「我有解藥，你要不要試試？」常瑾心從口袋掏出一瓶淺藍色的藥劑。

冷赫羲眉頭微蹙，總覺得哪裡不對勁，問：「你怎麼會有解藥？」

闞望舒聽見「解藥」時，回想起多年前，頓時心中湧上一股酸澀，直覺常瑾心說的是實話，那管就是解藥無誤。

常瑾心早就想好藉口，輕巧道：「有一次我去夜店被人下了類似的藥，腺體散發出臭味。我一個這麼香的人，怎麼能讓歷史重演，所以我才會隨身帶著解藥；但對Alpha管不管用，我就不知道了。」

「黎子喝了它。」闞望舒說：「謝謝瑾哥的幫忙。」

鄭黎看看闞望舒，又看看冷赫羲，然後再聞到自己身上的味道，覺得事情不可能更糟了，接過藥劑一口飲盡。

常瑾心提供的解藥當然是對症下藥，沒幾分鐘臭味就散去。

鄭黎和闞望舒再次道過謝，眾人便各自回房間。

雨徹夜未歇，還越下越大。

今日預定的場景本是操場，天候如此自然就無法拍攝，室內的戲也因昨晚一道巨雷毀損了老舊的電路，導致電力中斷而被迫中止，他們也是無能為力。

今天只能休息了！

一早就起來的鄭黎先是聞了聞自己身上是否還有異味，等放下心才拿起手機把各媒體平台的八卦娛樂看了一輪，最後目光停留在《汪汪最前線》的網頁上，就連底下的網友留言也是仔細地看著。

淘氣小惡魔：冷導請潛我！（選我選我）

甜不辣：我真是神預測，兩A相愛就是香！

來自星海：義黎（是你）CP，我愛了！

川味烏梨最好吃：我愛川梨CP！川哥快出來，你的小梨子被「義」走了。

被Alpha標記：想紅想瘋了嗎？整天就只會炒CP。

妥妥是個A：樓上的，那個哪能叫炒CP，這分明就是追男友，難怪你只能「被Alpha標記」。

只是路過：聽說梨子的經紀人也有摻一腿。

鄭黎再也看不下去，直接衝去找冷赫義，看他如何解釋這一切。

躺在床上的冷赫義聽見急促的敲門聲，下了床，來到貓眼前一瞧就把門打開了。

鄭黎指著手機上的娛樂頭條說：「這事該怎麼辦？」

冷赫義看了一眼斗大的字——雙A戀，小明星幽會大導演。他還以為是什麼天大事，正想把人趕走，鄭黎卻使用暴力擠了進來，還順手把門帶上。

「什麼味道這麼香？」充盈在房間裡的信息素他有點熟悉，又看見冷赫義赤裸的上身有幾道抓痕，幾秒後，他無法置信地嚷叫起來，「房裡的人不會是常、瑾、心吧?!冷赫義你居然『潛』他?!那這照片又要怎麼解釋？」

被狗仔偷拍的主角是冷赫義抱著穿著鄭黎外套的闕望舒。

冷赫義還惦記著床上的人，真的不想理鄭黎這個小麻煩。

鄭黎又仔細聞了聞，那股信息素還混雜著一股青草香。他生氣大吼道：「冷赫義你居然潛我的經紀人……」

冷赫羲急忙摀住他的大嘴巴，「別嚷嚷，你會把望舒吵醒的。」

鄭黎扯開他的手，質問：「上頭說你們接吻了，要不要澄清一下？」

「八卦你也當真？」冷赫羲微怒，「你都不相信我，你以為看到報導的人就會相信我嗎？澄清又有何用，只會越描越黑。」

鄭黎不得不同意他的話，又問：「你不是只喜歡Omega嗎？你這樣根本就是在玩弄他的感情。」

「我是真的喜歡望舒。」冷赫羲的腦子突然靈光一閃，「緋聞這事你就認了吧，幫我和你的麻雀哥打打掩護。」

鄭黎頓時愣住！

他只聽過經紀人幫自家談戀愛的藝人打掩護，從來就沒聽過藝人幫經紀人打掩護的。

他簡直要崩潰了！

「不幫我就算了，我找小舅幫忙。」

「等一下。」鄭黎覺得耍耍八卦媒體和整天只想嗑瓜的鄉民也挺有趣的，「我幫，你得告訴我，你們是從什麼時候開始的。」

冷赫羲搔搔頭，一臉無奈，他還沒說話，鄭黎又「哦哦哦」叫了起來，「有一天我要下去吃宵夜，麻雀哥就恰巧提著海鮮粥上來，還有一天早上，我正要下去吃早點，又在電梯前遇見他，他當時還穿著昨晚的衣服……你們不是那個時候就……」

沒想到我的粥居然讓你吃了！

冷赫羲想了想，時間大概也差不多，點點頭默認了。

鄭黎一直認為他是個專情的人，他回國也是為了找一個朝思暮想的Omega，沒想到才短短的時間就移情別戀。

「冷赫羲，這件事我幫你，但你不准傷害他，不然我就揍死你。」

「我保證。這事我會和他解釋，至於你和我的關係誰也別說漏嘴。」

「我才不稀罕，『我們』究竟是什麼關係我還不清楚嗎？」鄭黎氣呼呼地走了。

冷赫羲想窩回床上，手機就震動起來。他以為秦恕川要問電影的事，便接起電話，「恕川，有事嗎？」

「冷導，那個人不是鄭黎的經紀人嗎？」他想起了那抱枕，原來早有徵兆。

「是他，還請你幫我保密。」當時秦恕川也在場，冷赫羲覺得沒必要隱瞞他。

「鄭黎他……」

「他沒事，他願意幫我這個忙。」

秦恕川不明白鄭黎為何要這樣幫他，問：「你們應該不是單純的學長和學弟關係吧？」

「你想知道可以去問他，如果他願意告訴你，我也不會介意。」

冷赫羲說完便把電話掛了。手機尚未離手，電話又響了。

「媽，您是不是看見新聞了？」

「你和鄭黎不是玩真的吧？」

冷赫羲只好把事情解釋一遍，「……所以接下來的緋聞您就當作沒看見行嗎？爸那邊您也幫我瞞著。」

冷赫羲想躺回床上，又不想再被人打擾，於是又傳了一則訊息：小舅，事情我能處理，您暫時不要插手。

最後他沒躺回床上，反倒進了浴室。

安睡的闕望舒恍恍惚惚地醒來，伸手摸著身側空蕩蕩卻還留有餘溫的床鋪，他慌張地轉過頭去，喊著：「赫羲。」

沒有人回應他，他覺得有點失落。

或許是這幾夜都和冷赫羲在一起，他發現自己越來越眷戀他的味道，越來越離不開他。闕望舒掀開被子下床，才聽見浴室傳來細微的水聲。他察覺門沒有上鎖，像發現寶藏似地直接闖了進去。

冷赫羲看著他一臉「還好你在這裡」的表情，心疼問：「作噩夢了嗎？」

闕望舒急忙搖頭。

也許幸福來得太突然，也許感情進展得太順利。這一切都是他不曾擁有過的，所以他害怕，他患得患失。

「我只是突然……突然……想你了。」

冷赫羲心想：從來到S市的第一天就勾引我，每天都讓我惦記著你，闕望舒啊闕望舒，你叫我不愛你也難。

他挑起闕望舒的瀏海塞入耳後，闕望舒不顧他一身溼漉漉的就撲進他溫暖的胸膛，緊緊地擁抱他。

「還學會撒嬌了，真是可愛。」冷赫羲吻了吻他的頭髮，「先出去，記得把衣服換下，免得著涼。」

闕望舒微微墊起腳尖，在他唇上落下一記綿長的吻，帶著紅通通的臉蛋離開浴室。

一早就被撩撥的冷赫羲雖是高興，卻也有幾分無奈，他在浴室又待了幾分鐘，一出來才發現闕望舒居然撩完人就逃跑了，於是傳了訊息給他：人在哪裡？

缺月亮：黎子這裡。

冷太陽：我過去找你們。

缺月亮：不要。我要和黎子自首。

冷太陽：他已經知道我們的關係了。

冷赫羲等了半晌沒等到回覆，他確定闕望舒現在肯定是一臉吃驚的表情。

闕望舒對鄭黎說：「你就這樣答應冷導了嗎？」

「我是因為你才答應的。」從K國回來，鄭黎第一個人認識的人是他，闕望舒對他的照顧也是無微不至，稱得上是貼心小棉襖。

闕經紀人煩惱著，「我該怎麼向駿哥說明？」

「就說一切都是為了電影，為藝術犧牲。那個『畫』沒有下文了嗎？」

「原來你都知道了。」

「反正新的緋聞不來，舊的醜聞不去。」

「你還真看得開。」

「我就是看不開才會跟冷……回國。」鄭黎在心中嘆了一口氣，心想：自己究竟都攤上些什麼事。

雨持續下著，今天還是沒有開工。

緋聞就像是這場雨，越下越大。

看過千百則緋聞的闕望舒，第一次因為看緋聞而心驚膽顫。

大導演和小明星共築愛巢。

加大加粗的標題，了無新意，但闕望舒還是急著往下看。

這棟略微老舊的建築物他再熟悉不過。

第一張和第二張相片裡的人分別是冷赫羲和鄭黎，這還只是他們出入大樓的照片。第三張是他們在大樓前相遇的照片。冷赫羲的右手搭在鄭黎的左肩上，鄭黎的表情似乎帶點不耐煩。

從照片裡主角的夏季衣著來看，那應該是他們剛回國不久。

原來他們早就知道彼此的存在，從頭至尾被蒙在鼓裡的始終只有我一人。闕望舒心中很不是滋味，但他還是選擇相信他們。

他秉持著經紀人應有的專業態度繼續往下看。

鄭黎坐在冷赫羲的車裡，兩人臉上都帶著笑意。

闕望舒試著回想這是哪一天，看見鄭黎身上那件沾了顏色的襯衫，他忽地想起是他請冷赫羲載鄭黎回家那一次。

他不曉得鄭黎私下和冷赫羲是不是也有聯繫，但鄭黎又不是提線木偶，他要見誰自己確實也管不著，尤其兩人的住家僅有一堵牆之隔。

好不容易把頁面拉到了底部的留言區，看著留言明顯呈現兩極化——一邊是站隊的CP，一邊則是罵聲連連。

他的心情依舊輕鬆不起來。

只愛梨子：溫馨接送情，冷導男友力爆棚。

被Alpha標記：就接送個人，怎麼就男友力爆棚了？要是信息素爆棚才是超A。

妥妥是個A：副駕駛雖不尊貴，卻是「親密愛人」的專屬位置！

淘氣小惡魔：我的副駕駛座只留給冷導。

被Alpha標記：談個戀愛非得搞得全天下的人都知道嗎？騙人沒談過戀愛嗎？

邪惡的瘋子：家務事，不要拿來當社會議題炒，浪費社會資源。

來自星海：這地段的房價是——天價。

只是路過：共築愛巢也許是煙霧彈。

闞望舒看見房價是天價時，心中嚇了一跳，然後看見另一篇文章的標題是：天價豪宅，冷赫羲和鄭黎真正的身分是?!

「要我嗎?從頭到尾都在說這地段在三十年前就是地王，現在雖然地王已經拱手讓人，仍是天價。……他們的身分非富即貴。」闞望舒覺得浪費生命點了這篇文，氣得想把手機砸了，但手機是經紀人的命根子，而且他很窮，根本砸不下手。

他拿起放在床鋪上的太陽抱枕，握拳蹂躪著太陽的臉蛋，喃喃自語：「你是不是只對我一個人發光發熱？」然後，又心疼地拍拍被壓扁的它，「是吧，一定是吧。」

他的戀情怎麼就讓冷赫羲和鄭黎決定了，闞望舒覺得這樣不行，於是去敲了冷赫羲的房門。

剛從電梯走出來的常瑾心恰巧看見闞望舒進了冷赫羲的房間。

他帶著幾分疑惑喃喃自語：「該不是想和冷導討論怎麼幫鄭黎滅火吧？」

常瑾心回到房間，就問在整理衣物的助理，「冷導和鄭黎的關係調查得如何？」

阿寶說：「八成有一腿。」

「證據呢？不會只有狗仔偷拍的那些照片吧？」常瑾心一屁股坐在沙發上，便翹起二郎腿。

「兩人確實住在同一棟大樓，要做點什麼確實很方便。而且我聽剛從K國回來的朋友說他們是同一所大學的，還聽說……」

「說什麼？」

「還聽說他們在國外早就同居，鄭黎是『愛相隨』，從國外追回國內。如果媒體繼續挖，應該很快就會挖出他們的『往日情』。」

「冷導為什麼要回國？他在K國混得有聲有色的，而且那裡的資源、條件都要比這裡強。」

「瑾哥，」助理拿出幾瓶不同品牌，但味道都是梅花香的精油擺在茶几上，「這個祕密是你去試鏡那天，我無意中聽見的。王導問冷導為什麼非要Omega不行，冷導說他回國就是為了找一個Omega演員，那個演員曾經拍過一部古裝劇。」

常瑾心把腿收回，手掌撐住下巴，一副若有的思的模樣，「看看能不能查出是哪部古裝劇。」

「瑾哥，我再和你說一個八卦。」

常瑾心沒想到小助理這麼能幹，「說來聽聽。」

「聽說冷導在K國凡是遇上Omega演員都會『邀請』他們……就是確認信息素的味道。」

「潛」人就直說，還說得如此含蓄，常瑾心聽了就想笑。

助理說的雖然都是八卦，但空穴不來風。

他也曾見過冷赫羲和鄭黎的相處模式，是有點貓膩，但總覺得不像是在談戀愛。又回想起冷赫羲看自己的時候，眼神總有些曖昧，尤其是試鏡第一次看見時，那眼神簡直要把人扒光確認似的。

常瑾心突然想到一個好主意，自言自語道：「Alpha再怎麼香都不可能比Omega香。冷赫羲，我絕對要把你迷得神魂顛倒。」

他又說：「你去看看冷導在不在，就說我想請教拍片的事。先把桌上的東西收一收再去。」助理匆匆忙忙地去，發現沒有人，又匆匆忙忙地回。

然而冷赫羲不僅在房裡，還和人卿卿我我。

「我還以為你會躲著我幾天，沒想到才過一天你就自己找上門了。」冷赫羲把人壓在沙發上，親了又親。

「你等等，」闕望舒雙手撐著他結實的胸，「我覺得這樣對鄭黎不公平，要不要澄清一下？」緋聞如果澄清有用那就不叫緋聞。

「這是我和『鄭黎』之間的事，你就別出來蹚渾水。」

「可是……」

「我不在乎那些流言蜚語，我在乎的是你。」冷赫羲的手往他的衣服裡鑽，「人們只相信自己想相信的，也只相信自己看見的。等時間過了就好，總是會有新緋聞的。」

冷赫羲的手很溫暖，很適合這樣微涼的秋天。闕望舒沉溺其中，輕聲說：「赫羲，你答應我。如果有一天……你可以不愛我，但不要背叛我。」

「傻瓜，我怎麼可能不愛你。如果這些緋聞一直纏著我，我希望你也能相信我，我的心只屬於你一人。」

這樣的雨天，冷赫羲的重量沉沉地壓在闕望舒的身上，起伏的胸膛像是一陣又一陣的雨打他的胸口，闕望舒覺得很好，至少自己還感覺得到他的存在。

冷赫羲的手從他的腰際滑向背脊，摩挲一節一節分明的脊椎，他只想一直賴在闕望舒的身上。灼熱的雙唇在闕望舒的頸部磨蹭，越來越克制不住慾望，只想在腺體狠狠咬上一口。

闕望舒被壓得喘不上氣，冷赫羲才從他的身上起來，重新把人摟入懷裡，繼續享受美麗的時光。

6

為何只有他老是被Alpha欺負？

二中某教室的課桌椅上，擺放一面鏡子充當梳妝臺，一旁用布幕圍起的狹小空間就是臨時的更衣室。

鄭黎一踏入教室的瞬間，她們突然噤聲，他當然知道她們在八卦什麼。他和冷赫羲大學時勾肩搭背的親密合照被扒出來了，從相識、相知到相戀的過程被編排得有板有眼，連他都不得不佩服這些「腦子有坑」的記者。

網路上一夕之間炸了鍋，「冷赫羲」、「鄭黎」這組關鍵詞搶占搜尋引擎第一頁，不論點入哪一個媒體的八卦緋聞，頁面最下方的留言欄位裡全是震驚的粉絲和吃瓜的路人。

然而，這對鄭黎而言都稱不上大事，他只是安靜坐在梳化間配合化妝師上妝。

常瑾心帶著微笑走了進來，看著一臉淡定的鄭黎，旋即在他旁邊的一張椅子上坐下。他一開口便語不驚人死不休，「我聽人說你們在K國早就同居了。」

鄭黎自認為還算了解冷赫羲，如果不是他自願被人扒出來，就算八卦媒體再怎麼查也查不出來。所以，這照片就是冷赫羲故意放出來，讓故事更加真實、更具有說服力。這樣一來便沒有人會往那張破綻百出的相片查，闞望舒自然就不會有曝光的危機。

既然要演，戲當然得演全套，陪他玩玩也沒有什麼不可。有幾次碰面，他隱約覺得常瑾心看冷赫羲的眼神都很曖昧，看自己的眼神則似情敵一般。

「瑾哥，沒想到你居然也相信八卦。」

「如果真的是八卦，你們怎麼都不澄清？」果然就是想靠導演上位。

「冷導不出面澄清，就我一個小明星在那撇清關係，誰會信，你信嗎？」

「我信。」

鄭黎眸色沉了沉，心想：我絕對不會輕易相信你。

常瑾心掌握了祕密，他自信滿滿地說：「聽說冷導只喜歡Omega……他是為了一個Omega回國的。」

常瑾心說的都是實話，這事鄭黎還真的沒法否認。

「就算你們現在是真的在一起，但我相信，只要那個Omega一出現，你和冷導的緋聞就落幕了。」

那個只有一面之緣的Omega對冷赫羲而言就是他心中的白月光，就算日後冷赫羲和別人在一起，那人在他的心中始終占有一席之地。

鄭黎始終是個幌子，他現在一點都不擔心常瑾心會怎麼對付他，他反而擔心起他的麻雀哥來。萬一，冷赫羲真的只是因為寂寞才看上麻雀哥的，那怎麼辦才好？可是麻雀哥是真心喜歡冷赫羲的，那熾熱的眼神可騙不了人。鄭黎在心裡自問自答。

他用眼角餘光偷偷看了常瑾心一眼，突然想起在程炫清請吃飯那一次，還有在J大拍戲那時也是，闕望舒的神情都有些緊繃，好像不喜歡和常瑾心有任何交集的樣子。

他們之間難道有過節？

如果真的有，小經紀人大概只有挨大明星罵的份。

此時，秦恕川進來了。

鄭黎現在可是緋聞纏身的人，自然不能和秦恕川過於親密，他打了聲招呼便離開。

早晨的陽光正好，斜斜照進走廊，倚在圍牆邊的闕望舒目視遠方，不知道在想什麼。

鄭黎喜歡剛認識的他，那時的他臉上沒有這麼多憂愁，「看什麼？」

繁花盛開的景象歷歷在目。闕望舒指著中庭的一棵老梅樹說：「記得高二那年，她結了許多梅子，老師帶領全班一起把青梅摘下，撒上粗鹽搓揉著，然後拍裂梅子，那清脆的聲音可以說既紓壓又療癒，大家搶成一團……後來的脆梅應該也很好吃。」

自己親手做的食物肯定是人間美味才是，怎麼會用應該呢？

鄭黎疑惑問：「難不成你沒吃到嗎？」

「那天我請假。他們那群貪吃鬼就沒想過留一顆給我，我真的傷心死了……可惜這棵梅樹也會隨著學校的拆除而砍掉。」

闕望舒的聲音不大，但話語恰好都飄進冷赫羲的耳裡，他沒有停留，繼續向前走，進了教室對正在準備的工作人員說：「這一場戲改成戶外的。場記，回頭看看和J大教室那場的台詞是不是有衝突。」

沒有人敢出聲質疑導演，他們默默地把攝影器材挪到梅花樹下。

原本的劇本是魏雲從美術教室外偷看專心畫畫的周南禮。如果是在教室裡會以黃色為基調，讓電影呈現出如同老照片一般的質感，那是魏雲少年時光裡最暖、最美的回憶；可是冷赫羲突然覺得梅樹下的邂逅，更是浪漫。

冷導透過鏡頭，看著穿著白襯衫、繫著藏青的領帶，穿著跟領帶同色褲子的鄭黎，他抱著速寫本乖乖地坐在梅樹下的石凳上。

和煦的陽光落在他的身上，形成一圈淡淡的、毛茸茸的光暈，是真實，也似夢幻。

只有細微的風聲，和振筆作畫的摩擦聲。

周南禮手上的鉛筆在白紙畫著。從後方無聲接近的人，口中叼著一枝棒棒糖，脖下的三顆扣子都沒扣、襯衫微敞，衣擺也沒紮進褲子，就是一副吊兒郎當的痞子樣。

魏雲偷窺的視線就像是周南禮手中那枝筆的筆尖，一筆一畫描摹周南禮的五官輪廓，細緻得令他自己心臟狂跳、血液沸騰，毫不自覺地釋放出信息素。

站在二樓的闞望舒看著中庭的他們，心想：怪不得試鏡時王導會說這角色像是為鄭黎量身訂做，冷導也說他根本就是本色演出。

無庸置疑，鄭黎就是周南禮！

闞望舒看得出神，以至於常瑾心走來他的身邊也沒發現，等他發現時其實有點尷尬。

常瑾心說：「鄭黎其實很不錯，可惜他是個Alpha，不適合冷導。」

這話一時之間闞望舒沒有聽懂，但他也不可能反問為什麼，他現在只想藉故離去。

從開拍開始鄭黎就知道闞望舒一直在二樓看著，沒想到導演一喊「卡」，他就看見常瑾心站在闞望舒的身邊。他護「麻雀」心切，朝二樓大喊著：「麻雀哥，今天的便當我要吃雞腿的，快去幫我拿，免得被人搶光了。」

「瑾哥，不好意思，年輕人容易肚子餓，我先走了。」闞望舒腳底抹油溜了！

便當前一秒才送到，他後一秒就踏入休息室，拿了兩盒雞腿便當後，東張西望找鄭黎，沒想到鄭黎依舊待在梅樹下畫畫。

他手中的筆沒有停，「常瑾心找你做什麼？」

闞望舒搖搖頭，「我的雞腿也給你。」他打開便當，把雞腿夾到鄭黎的飯盒裡。

「不是應該給我才對嗎？」一道陰影落在他們的眼前。

「我的經紀人給我的，為什麼要給你？」鄭黎拿起雞腿就啃。

闞望舒不明白他為何要過來和他們一起吃午餐，「冷導，你怎麼不在教室裡吃飯呢？」

「從以前我就一直想，如果有機會的話，我想和喜歡的人一起在校園的某一角用餐。況且……」冷赫羲在闞望舒的對面坐下，「我現在和『鄭黎』在談戀愛，和他一起吃飯，剛剛好而已。」

鄭黎不顧形象狂啃雞腿，而闞望舒的心臟則是「咚」的一聲巨響，他把頭低下，安靜地享受短暫、甜蜜、提心吊膽的午餐時光。

上午鄭黎的戲拍得差不多，他拉上闞望舒便跑去看常瑾心和秦恕川演對手戲。

服裝不整的魏雲不敢從中央那座樓梯上樓，特地繞遠路到東側人煙罕至的樓梯。他三步併成兩步，才正要拐上二樓就看見一個人抱膝坐在階梯上。

這個不是隔壁班的Omega嗎？

魏雲只知道別班的Omega，總是像寶貝般備受寵愛，為何只有他老是被他們班的Alpha欺負？

「我叫魏雲，十班的。我陪你回去，一個人坐在這裡傻哭沒有用。」

韓語非微微抬頭，用泛紅的眼睛看著他，「不用你管。」

韓語非背著光，魏雲雖然看不清楚他臉上的表情，但聽得出他聲音裡有些警戒，也有些害怕，於是柔聲道：「我雖然是Alpha，但我不是壞人。要不要我陪你去和老師說？」

迎著日光的魏雲看起來沒有平日的痞樣，尤其他咧嘴露出一個無害的笑容時，反倒像個陽光大男孩。

「老師……沒關係的，謝謝你。」韓語非覺得說了也沒幫助，「只要撐過這一年，我就再也見不到他們了。」

逆光的小腦袋，毛茸茸的，在魏雲的眼裡輕輕搖晃著，「不開心就來找我，別把自己悶壞了。」

站在三樓的鄭黎，根本沒法看見常瑾心的表情，但冷赫羲說「過」的話，他當然無話可說。

劇組人員紛紛往教室移動，闕望舒拉著鄭黎欲往中央的樓梯走，可鄭黎的雙腳像是打了釘子似的，釘在原地一動也不動。闕望舒湊上前、往下看，樓梯間只剩下冷赫羲和常瑾心。

「冷導，我覺得發揮沒有很好，真的不再拍一次嗎？」常瑾心整個人幾乎黏在他的身上。

「我說可以就可以，你不用擔心。」

冷赫羲抬起腳要走，卻被常瑾心圈住脖子。

「冷導，《花殘》你還記得嗎？」常瑾心散發出花香信息素，「我想你肯定記得。」

冷赫羲曖昧地看了常瑾心一眼，把他的手拉下來，「該走了，大家都等著我們。」

這下真的是人去樓空了！

鄭黎狠狠捶了一下牆壁，斑駁的牆壁不堪一擊，落下一塊發黃的油漆。「冷赫羲，你究竟在搞什麼鬼？」

「是常瑾心自己貼去上的，你又不是沒看見。」闕望舒的心中湧上一股酸澀。

「他可以推開或躲開他，難不成他連一個小小的Omega都對付不了？」鄭黎擔心地看著闕望舒，「除非他捨……」

「除非他怕演員受傷，戲拍不了才更麻煩。」闕望舒幫冷赫羲找了一個好藉口。「如果你不想繼續看，不如我們早點回飯店休息。」

鄭黎肯定要盯住常瑾心那隻小妖精，「我要向前輩好好學習，怎麼可以不看。倒是你，臉色蒼白得像見了鬼似的，還不如早點回去休息。」

他們一從三樓下來就遇上了冷赫羲。闕望舒以為他早就進了九班的教室，沒想到他竟然在八班的後門的走廊站著。

闕望舒透過窗看了幾日前自己曾坐過的位子，他彷彿還能感覺得到冷赫羲溫暖的指尖在自己背脊上。

冷赫羲手上根本沒有菸，卻給闕望舒一種他在抽菸的錯覺，而這根菸恰巧抽完，他得進去繼續工作。

找來的三個臨時演員已經換上制服，圍在韓語非的座位旁。

一人帶著輕蔑的語氣道：「你的本事可真不小。咱們班上二十九個Alpha，你就沒有一個看上眼的。」

另一人也附和：「是啊！居然跑去勾引隔壁班的，你還要不要臉？」

韓語非委屈道：「我沒有，我沒有勾引任何人。」

「裝可憐就有用？」

「不要以為自己成績好就高高在上，遲早還是得讓我們Alpha壓在身下。」

「瞧他這樣惹人憐愛的模樣，操起來肯定過癮。」

韓語非嚇得從位子站了起來，慌張地往後退，弱弱地喊著：「你們別過來。」他一個沒站穩直接跌坐在垃圾桶旁。

魏雲只是來看看韓語非回家沒，沒想到居然看到這一幕，大喊：「你們做什麼？」

「九班的事，十班的管不著。」

「語非是我的朋友，我就有資格管。」

他們大笑著，「Alpha和Omega怎麼會有純友誼，說不定你早就上過他了，操起來如何？香不香啊？」

魏雲拳頭一握，毫不留情就揍了過去。

韓語非急忙爬了起來，哭著拉住魏雲，「別和他們打。」

一人阻止道：「要是魏雲把這事說出去，難保老師不會護著成績好的韓語非。」

「是啊，我們先走吧，韓語非是跑不掉的。」

他生氣地踹了桌子一腳，和另外兩人一同離開教室。

「沒事了。」魏雲轉身看著韓語非，用食指抹去他眼角的淚珠，「以後一放學就來找我，千萬不要落單。」

韓語非的頭輕輕抵著他寬闊的胸膛，小小聲啜泣，直到魏雲的襯衫溼成一片，他才抬起頭來，「我們回家。」

時間彷彿凝滯，直到導演喊了一聲「卡」。

「演得真好，看得我都心疼了。」程炫清已經站在一旁靜靜地看了幾分鐘。「大家都辛苦了，晚上我請客。」

聽到大老闆請客，眾人心裡雖然很開心，但他們知道接下來要拍的可是重頭戲——韓語非的回憶戲碼，冷大導演肯定不會輕易就喊卡的。

冷赫羲看時間已經來到六點，突然開口道：「今天就先到這裡，收工吧。」他隨程炫清往教室外走，「您怎麼有空來？」

「出差，順便來看看你們。戲拍得如何？」

「進度落後了。」

按劇本，這回憶的戲碼應在是在冬日裡，他們提前來原以為會一切順利，沒料到一向秋季乾燥的S市，居然用陰雨連綿來迎接他們，彷彿是老天爺不讓他拍電影似的。

程炫清笑了笑，「我來得還真不是時候。」

冷赫羲問：「是不是幫我調查的事有結果了？」

「那部電影是他演的，我讓人截了幾張劇照，你看看吧。」程炫清瞄了一眼遠方的常瑾心，「所有的線索都指向他。」

「真的是他嗎？」冷赫羲心裡是有底的，尤其稍早前常瑾心還和他提《花殘》這部電影。

「都八年了，我就不知道你為什麼要如此執著？當年就不該……。」程炫清頓了頓又說：「你和『鄭黎』的事，是我知道得太慢。」

「您日理萬機，怎麼可能每件事都顧及，這也只是小小的緋聞，又不是重大的社會案件，您就別擔心了。」

「你們年輕人的事，自己處理好就行。」

「您也不過虛長我十歲，頂多就是中年大叔，別把自己當老頭。」

「小兔崽子，也就只有你敢和我這樣說話。」

「您和江駿不是交情深厚，他都不願意和你透露一點消息嗎？」冷赫羲覺得是程炫清不想為難他，不然這事早就水落石出。

程炫清回想起自己和江駿第一次碰面就是在第一部投資的電影《花殘》的片場。

那時的江駿是個沒有名氣的經紀人，手上有三、四個默默無聞的小演員，後來有一個跑去當歌手，替江駿賺了不少錢，其他人去哪兒了他也不清楚，他只記得江駿來找他借錢成立娛樂公司時，闕望舒就一直跟在他身邊。

闕望舒和江駿的關係稱得上亦師亦友、亦兄亦弟，手上的紅牌大明星成氣候時也是給闕望舒帶，但闕望舒或許和「經紀人」這職稱八字不合，最後連神駿的天團A+都解散了。

人前江駿也是罵他的，可人後要是聽見有人批評闕望舒，江駿便把人狠狠臭罵一頓。

幾年前程炫清覺得闕望舒長得俊俏，或許當個藝人更合適，這事他也曾和江駿提過好幾次，但都被江駿一口回絕，有一度程炫清差點就以為他們倆有一腿，所以江駿才會如此護著他。

程炫清問：「時候不早了，搭我的便車回飯店嗎？」

「您不回去，沒有人敢開飯的。我去看一下他們收拾得如何。」冷赫羲回到教室，本是找鄭黎他們的，沒想到只看見常瑾心和他的助理。

常瑾心邀請道：「冷導和我們一起走吧。」他不是搭乘飯店的接駁車，他的保母車是公司為了拍戲期間出入方便，特地幫常瑾心訂的。

車子來到校門口前，就看見一些記者和粉絲堵在前面。

常瑾心頗有心機地降下一點車窗，「天色不早了，大家回家要注意安全。」

記者問：「冷導為什麼在你的車上？」

就是為了讓你們有事可以寫啊，我的用心良苦難道你們無法體會嗎？常瑾心在心中翻了白眼，把車窗關上，讓車子駛離校園。

冷赫羲想確認程炫清說的話，也看得出常瑾心別有用心，所以才故意搭他的車子，當然面對記者的提問什麼都沒說。

回到飯店後，他們就直接前往餐廳。

冷赫羲一進入餐廳就發現鄭黎站在一旁，等他一坐下，鄭黎就立即在他左邊坐下，然後常瑾心也在他的右邊坐下。

這是冷赫羲第一次享受齊人之福，但似乎有那麼一點吃不消。他很想問鄭黎，闕望舒上哪去了，但他不知道的是：不想和八卦的化妝師及常瑾心的助理一起坐的闕望舒，跑去了攝影師那一桌。

闕望舒問：「攝影大師，我能和你們一起嗎？」

攝影師一看，這不就是自己哥們緋聞對象的經紀人。都來這麼些天了，他還沒有和他說過話，「坐啊，闕經紀人。」

闕望舒拉開椅子坐下，便好奇地問：「聽說從冷導拍片起，你就是他的御用攝影師。」

「那時我也只是喜歡攝影。」他往嘴裡丟了幾顆花生米，「我記得有一次，他去參觀拍片現場。那次回來後，他就說他要當導演，問我要不要當攝影師，我當時沒有多想，隨口說好，就這麼上了賊船。」

「他為什麼突然說要當導演，難道在片場受了什麼刺激不成？」

「還真讓你說對了。他說他見到自己喜歡的人，那個人好像是個Omega小演員，他就發下豪語說他要當導演，讓喜歡的人當自己電影的男主角，讓他能開心地演戲。」攝影師說得澎湃激昂。

闕望舒一邊吃飯一邊思考他說的話，心想：如果當年冷赫羲真的在場，事隔多年，我都沒認出他來，他又怎麼可能認出我，況且那天的我還……他怎麼會喜歡上我？

冷赫羲那年在片場遇見的Omega小演員究竟是誰？

闕望舒的腦海閃出一副熟悉的面孔。他拿起酒杯，默默地喝了幾口酒，全是酸澀。

酒足飯飽，眾人各自回房休息。

眼尖的鄭黎發現闕望舒混在攝影師群組裡，把他拉了起來，「你怎麼喝了那麼多酒？」

「我沒有喝很多，才一瓶而已。」

「重點是你的酒量很差，半瓶就要發酒瘋了！」

「胡說，我腦子清醒得很。你是我們神駿娛樂最俊俏的小梨子。等這片上映後，你一定紅透半邊天，到時，我就能換間大房子住了。」

鄭黎一邊聽他酒後亂語也好，或是吐真言也罷，現在最重要的就是把他送回房間。

他終於把走得搖搖晃晃的闕望舒扔回床上，發現冷赫羲也跟進房裡來。

鄭黎說：「你這樣光明正大走進來，就不怕被人看見。」

「看見的人也會以為我是進來找你的。你等我一下。」冷赫羲走了出去，結果從房裡的另一扇門後出現，「這樣就安全了。」

居然是連通房，想必他們如此暗通款曲應該很多天了。

房間裡的花香越發濃郁。

鄭黎自覺在這裡當電燈泡很不是滋味，「你好好照顧他，我先回去了。」

冷赫羲不明白闕望舒為何要喝這麼多，從浴室拿來溫毛巾幫他把臉擦拭乾淨。

「赫羲、赫羲，你怎麼會這麼帥。」闕望舒勉強爬起來，手圈住冷赫羲的脖子就胡亂親一通。

冷赫羲見他一臉酡紅的樣子甚是迷人，把他摟在懷裡，說：「你休息一下別瞎折騰。」

闕望舒只覺得他的味道很好聞，在懷裡的手不安分地解著冷赫羲襯衫的扣子，但解了老半天一顆也沒解開，他氣得直接流下眼淚。

「我想要……赫羲。」闕望舒吻了上去，舌頭探進他的嘴裡。

他很少如此主動，冷赫羲配合著他，雙唇分離時還牽出一條銀絲。

「等你休息好，我們再……」

不知怎麼地，闕望舒露出悲傷的笑容，「其實，你並不愛我對不對？」

這樣的想法究竟從何而來，冷赫羲還真的摸不著頭緒。

一個不太會喝酒的Omega，腺體散發梅香和酒香融合在一起，連冷赫羲也醉了。他如闕望舒所願扒光他的衣物……

「我愛你。我就是……」闕望舒心裡翻江倒海，各種情緒莫名湧來，「你不要離開我……」

闕望舒的一字一句緊掐冷赫羲的心。他打開那雙長腿，俯身把灼熱的巨物頂了進去，裡頭又溼又熱，還緊緊咬住他的陽物，他想要溫柔地呵護他，又想要粗暴地蹂躪他……

「望舒，我好愛你。」冷赫羲吻去他溼熱的淚水。

闞望舒瞇著眼，臉頰親暱地輕蹭著對方，隨後柔軟的唇又印上他的唇。

冷赫羲憶起對方的初吻是如此輕柔繾綣，像是一瓶淡雅的梅酒，初嘗時不以為意，回想起來後勁十足。

滾燙的陽物和滑膩的甬道交纏，就像是這一個吻，從輕緩的相觸轉為激烈的吮吻，由淺至深，宛如要嘗盡對方每一吋的味道。

冷赫羲帶著滿滿的愛意和激情，撲向了令他魂牽夢縈的絕色美人。

快意從尾椎急速湧來，把闞望舒折磨得淚眼汪汪，他蜷縮著腳尖蹬踹著床單，哭喊著：「不要了、不要了……啊哈……」儼然一副攀登至巔峰的模樣。

一頭髮絲已散開，彷彿有生命的藤蔓攀上冷赫羲的手臂，甜蜜迷人的氣息亦如藤蔓，纏住他的思緒，爬進他的心扉裡。

冷赫羲微微抬起他的頭，咬住他後頸的腺體，感受到對方誘人的信息素，這股香氣就像毒藥，不管他怎麼汲取似乎都無法滿足，他只想狠狠地咬下腺體這塊肉。

他一點一點注入信息素，讓闞望舒全身都沾染他的氣味，證明他只屬於他一個人的。

撒翻的梅酒，在陽光的照射下，酒味漸漸散去，只留下梅花的清香。

客房的長廊外。

常瑾心昨晚就想攔住冷赫羲，沒想到才一轉身就讓他跑了，現在遇上便急忙喊住他，「冷導，能到我的房間聊聊嗎？」

「有什麼事在這裡不能說的？」

「是關於《花殘》。」常瑾心覺得這樣的暗示已經很明顯了。

關於八年前的《花殘》，該知道與不該知道的，冷赫羲昨晚已經了解得差不多，還有什麼祕密是他不知曉的，他也是很好奇，於是跟著常瑾心進了房間。

房間花香四溢，讓冷赫羲微微蹙眉。

「冷導，請坐。我聽說你在找當年拍《花殘》的小侍從。」常瑾心開門見山道。

冷赫羲心中有疑，「你認識他？」

「不瞞你說，我就是那個侍從，雖然只有幾個鏡頭，但我從沒想過會有人因為這部電影而找我。」

「難怪試鏡那天，我覺得你有些眼熟，還有你身上的味道也是。」

常瑾心暗自竊喜，不枉日日泡梅香精油澡，就連身上的毛髮也是帶著一抹花香。

他挪移屁股坐在冷赫羲的大腿上。「那是我第一次拍電影，大概是太緊張了，我對冷導你完全沒印象。」

那日常瑾心噴了梅香的信息素，後來開心地和導演走了，完全沒注意身邊還有人關注他。

「我只是偶然去參觀片場，但你身上的信息素卻令我印象深刻。」冷赫羲仔仔細細端詳常瑾心這張精緻無瑕的面孔。

「我知道你和鄭黎不是真的。」

這種舉動，冷赫羲當然知道他的目的，「但現在和我談戀愛的人是他。」

「你不覺得我比他更適合你嗎？」常瑾心輕靠在他的肩窩。「不如，等一下去片場時，我和你故作親暱，他肯定會氣得抓狂。」

一直靠鄭黎來掩護他們也不是辦法，藉著常瑾心就能擺脫鄭黎這個小麻煩，冷赫羲覺得這個主意倒是不錯；但這事得好好和望舒解釋才行，他在心中記下。

常瑾心第一步計畫達成了，於是從冷赫羲身上起來，「我們一起去片場吧。」

他們倆一出房門就被鄭黎撞見，鄭黎不想在這發飆，就是想知道常瑾心的葫蘆裡賣的是什麼藥。

鄭黎一到二中，工作人員竊竊私語的聲音突然靜了下來。他趕緊滑開手機一看，娛樂頭條上的照片居然是昨日常瑾心在樓梯間和冷赫羲的曖昧照。

這照片肯定是常瑾心給記者的。鄭黎就沒見過這麼不要臉的人，他只希望闞望舒看了不要難過。

鄭黎化好妝後走上天台，看著蔚藍的天空，可是他的心情根本開心不起來。道具組給他畫本和一支筆，他就趴在圍牆上畫著圖。

專心畫圖的周南禮並沒有注意到有人上了天台，還在他身後十米處的圍牆邊坐下。

韓語非打開自己的餐盒，安靜地吃著午餐。他發現魏雲的視線從一來就沒離開過那個人的身上，他很忌妒也很羨慕他，因為魏雲看他的眼神充滿愛慕，而不像看自己時只有憐憫和同情。

他悄悄地把自己餐盒裡的雞腿放進魏雲的餐盒裡，魏雲瞄了一眼抓起雞腿就啃。

常瑾心愣了幾秒，「對不起，我忘詞了。」

秦恕川說：「你可別再忘詞，雞腿不是我的最愛，我吃不下這麼多。」

常瑾心問：「難不成梨子才是你的最愛？」

鄭黎回過頭來，狠狠瞪了常瑾心一眼。

「川哥，你的小梨子好凶啊！」常瑾心站了起來故意跑到冷赫羲身邊，耳語問：「導演，台詞是什麼？」

「韓語非說：『你別顧著啃雞腿啊，也陪我說說話。』」冷赫羲能感覺到等一下自己肯定不得安寧！

他們坐定，秦恕川拿著雞腿，常瑾心夾了小小一塊豆干，放進嘴裡一咬，突然大叫出來，「這菜怎麼這麼難吃，梨子肯定比這好吃一百倍是嗎？川哥。」

秦恕川就不知道常瑾心今天是吃錯什麼藥，「瑾心你……」

「常瑾心你夠了，別拿我消費！」鄭黎回頭大吼。

常瑾心立即起身，躲到冷赫羲身後，「導演都沒凶我，你憑什麼？」

「冷赫羲，這戲我不拍了。」鄭黎生氣地扯下畫紙，把畫對半撕了。

冷赫羲冷冷道：「不拍，可是要賠錢的。」

「老子才不在乎那點錢。我當初一定是瞎了狗眼才會跟著你回來。」

冷赫羲早就讓他別跟著自己了，又問：「那你究竟回來做什麼？」

「我就是回來寫論文的。」參與冷赫羲第一次執導的商業電影曾經是他的夢想；但是他現在一點都不在乎了。

「不准走。」

「不走留在這裡幹嘛？看別人秀恩愛嗎？」

「你冷靜一點。」秦恕川拉著鄭黎，「望舒不在，你就要給他惹麻煩嗎？」

鄭黎聽秦恕川這麼一說，頓時冷靜不少。他不明白自己生這麼大的氣到底是為了闞望舒，還是為了自己，認真審視心情，還是有幾分私心的。

戲繼續拍，但冷赫羲卻因為鄭黎喊「卡」了。

「你背影的線條太僵硬，一看就是在生氣的樣子，放鬆一點，周南禮是來偷得浮生半日閒的。」

冷赫羲和他站在圍牆邊，目眺遠方，「我做事總有我自己的道理，你只要相信我就行了。」

「相信你和常瑾心？世上這麼多Omega為何偏要選他？老子真的不幹了。」鄭黎扔下畫本，惡狠狠瞪了常瑾心一眼後便離開天台。

冷赫羲在心中嘆氣，「周南禮的部分暫時先這樣，你們繼續。」

天台的戲很快就完成了，大夥紛紛回教室吃遲來的午飯。

遊蕩到操場的鄭黎呈大字形仰躺在磚紅的跑道上，心裡還是很不爽，他想打電話給闕望舒，但想起他昨晚喝得醉醺醺的模樣，還有今早在餐廳遇到冷赫羲沒有平日的冷漠，反而是一副饜足的樣子，他自然能想像得到，現在的闕望舒一定是抱著太陽抱枕，窩在凌亂不堪的床鋪上。

他的麻雀哥肯定被啃得連骨頭都不剩了。

「冷赫羲你渾蛋！嘴裡叼著肉，心裡還想著別的。」

鄭黎放棄打電話闕望舒的念頭，看起娛樂新聞。頭條刊登了常瑾心坐在冷赫羲腿上的照片，地點是飯店的客房。

「照三餐發文嗎？」鄭黎嗤之以鼻；但他忽然覺得這照片哪裡不對，仔細一看，他們身上的衣服就是和今早在餐廳時遇到的一模一樣。

鄭黎簡直要瘋了！

他狂奔回休息室，被秦恕川一把攔住，「今天下午的戲很重要，等拍完再說。」

鄭黎真想看看常瑾心這張漂亮的面具，究竟能演出多弱不禁風、惹人憐憫的模樣。

❀

教室內，常瑾心和冷赫羲同桌吃飯。

冷赫羲早就猜到房間有針孔攝影機，但他以為這照片應該會留在今晚午夜才發，沒料到常瑾心的動作居然如此之迅速，心機如此之深沉。

常瑾心把手機移到他眼前，「這張照片如何？」

相片中的常瑾心竟是衣衫不整坐在冷赫羲腿上。

「圖修得還不錯。」冷赫羲口氣很冷。

他不高興地說：「全身上下都是真的，不是修的，只不過是換了地方坐。我真的很喜歡冷導你，如果我們倆……」

「以你的長相和演技，沒必要靠這一些緋聞。」冷赫羲公正地說。

「這圖一發，緋聞就發酵，等到事後才發現是修的……都為時已晚。」水汪汪的茶色眸子盯著他，「還是現在你已經不喜歡我了，那為何又找我這麼多年？」

「我當初是……」冷赫羲遲疑了。

常瑾心拿出另一張照片，「冷導，我覺得這張挺好的。」

冷赫羲一看，微怒道：「把照片刪了。」

「我花了多大的功夫，怎麼能刪了。其實，我更喜歡這張。」常瑾心故意用手指輕撫過他剛毅的下巴。

冷赫羲沒想到常瑾心是有備而來，壓下心中的憤怒，「你想要什麼？」

「和鄭黎分手，跟我在一起。」

「我答應你，但我也不要看見這些照片出現在媒體上。」

「冷導，我餵你吃一口。」常瑾心笑著夾了一條小魚干給他，冷赫羲斂住怒意吃下東西。

在常瑾心的世界裡，他認為Alpha都是匹餓狼，只要讓他嘗過一次甜頭，他就離不開自己。網路的世界也如同一匹餓狼，不管能不能吃，反正就是先咬上一口再說。

常瑾心和冷赫羲這組合，很快就吸引一批CP粉，粉絲管他們叫「冷常CP」。

鄭黎非常不屑：「什麼冷『藏』，怎麼不直接冷凍算了。」

爆量的留言，還是一面倒的風向，擺明了有人買網路水軍操縱輿論，幕後的黑手不言而喻。

鄭黎做夠了日光浴，回到休息室準備換下制服離去，就聽見有人說：「剛剛瑾哥餵冷導吃東西你們看見了沒？他還真敢！」

「哪是敢，簡直是騷！」

「這戲才拍幾場，就直接抱上導演大腿。」

「是『坐』上導演大腿才是。聽說凡和他拍過戲的導演都和他有一腿，堪稱導演收割機。」

「誰讓他長得如此妖孽，還是個香噴噴的Omega呢！」

鄭黎突然從他們背後冒出來，小聲問：「你們剛剛說的都是真的嗎？」

「梨子弟弟，你別生氣，我們都是挺你的。」她面露難色，「餵食這事，在場的人應該都看見了。」

鄭黎走往拍攝現場，攝影機的鏡頭正對著常瑾心。

韓語非彎腰、低頭往抽屜裡瞧，「嘔」了一聲便往教室外逃走。

「卡，重來。」冷赫羲對他的表演非常不滿意，一連喊了五個「卡」，「按試鏡那天演就行。」

「我怕拍醜了。」常瑾心其實很討厭韓語非這個角色，覺得他會遭遇這些事都是活該。

「怕醜當初就不該來試這個角色，他沒有一天是漂亮的，沒有一天有日子好過的。先休息一下。」

冷赫羲不知道和道具組說了什麼，等了十幾分鐘後，有人提了一袋臭氣沖天的東西回來。

攝影師本來就知道冷赫羲拍戲喜歡真槍實彈，所以他找人要來兩個口罩，一個給冷赫羲說：「戴上吧，別臭暈自己。」

一旁的工作人員也紛紛戴上口罩。

「我還沒聞過這麼臭的臭豆腐，這真的能吃嗎？」有人質疑。

「又不是買來吃的，是買來整人的。」

他說得一點都不錯，就是買來整「韓語非」的。

無辜的臭豆腐被放進抽屜裡。

常瑾心在隔壁的休息室就聞到一股臭味，一來到教室門前就說：「冷導，這東西能拿走嗎？」

他以為冷赫羲只是想製造一些「效果」，沒想到他斬釘截鐵道：「拿走的話你的表情就不會如此『到位』！」

常瑾心被臭得臉都青了！

攝影機再次運轉。

韓語非面對這團噁爛的東西，除了想吐還是想吐。

「卡。除了想吐的表情外，還要有震驚、委屈、難過……甚至想輕生的念頭。再來一次。」冷赫羲一本正經道。

這場戲已經拍了兩個鐘頭，常瑾心的臉都快被臭得變形，冷赫羲依舊不滿意，臉色臭得像吃了那碗臭豆腐似的。

又過了半個小時，冷赫羲勉強喊了一聲「卡」。

鄭黎起碼繞了校園十圈以上，回到教室外才發現這一場戲才剛結束，臭味依舊沒有散去。他往走廊的盡頭去，發現有人在「掃廁所」，問：「你們是在？」

「導演說廁所的場景是剛打掃完的狀態，讓我們處理一下。」

他們潑了幾桶水把地板弄得溼答答，但又怕太溼太滑，連忙拿來拖把將地板拖了一次。

常瑾心人不知上哪呼吸新鮮空氣去了，冷赫羲走來確認場地沒問題後，便派人將常瑾心尋回來。

接著上一場戲，韓語非摀住嘴巴，跌跌撞撞衝進廁所後，坐在廁所裡哭泣。

「卡。」冷赫羲喊道。

「導演，我演得不行嗎？」

「不是你的問題，我想再拍另一個角度。」他讓人架了梯子，另一位攝影師站在隔壁廁所的上方就位，拍攝俯視角度。

「可是我的褲子溼了，這樣不連戲。」溼漉漉的褲子，讓常瑾心的屁股非常難受。

「沒事，等一下你就坐在地板上，我們接著拍就行。」

這場戲一拍，常瑾心在又溼又冰的地板上坐了半個鐘頭才完成這個鏡頭。他本想休息挽救一下他的屁股，但秦恕川和他的對手戲就接著拍了下去。

韓語非躲在廁所裡哭泣，魏雲聽聞哭聲，問：「語非你在裡面嗎？」

韓語非想把鎖打開，但生鏽的鎖有點難搞。

「卡。門關著就好，別上鎖了。」冷赫羲說：「Action!」

魏雲問：「語非……」

韓語非等不及魏雲把話說完自己卻先開了門。

「卡、卡、卡，又怎麼了？」

「有人放屁，好臭呀！」常瑾心在休息時不知噴了多少消臭劑和香水，好不容易才讓身上的味道好聞一些，他忽然覺得韓語非這角色根本就是來向他索命的。

他眼眶裡的淚水全是真的。

這場戲磨了一下午終於結束了，他開心對眾人說：「等會兒我請大家吃晚飯，大家辛苦了。」

夕陽西沉，迎來的不是皓月東升，而是滾滾而來的烏雲。

7

記得那天我們坐在梅樹下說的話嗎？

窗外黑壓壓的雲層，濃得化不開。

闕望舒像是進入冬眠的熊，一睡就是一整天。他懶洋洋地起床，遲遲不願進入浴室洗澡，彷彿洗淨身上歡愛的痕跡與氣味，冷赫羲就會忘記他、離開他。

熱水從頭上灑落，不一會兒，浴間便水氣氤氳。

他摸摸酸疼的後頸，想起冷赫羲信素息進入腺體的瞬間，宛如遲來的冬陽照耀在他的身上，除了溫暖，還讓他特別安心與眷戀，他現在好想好想他。洗好澡的闕望舒噴上平日慣用的香水，遮蓋那股被陽光烘焙出的梅香。

按昨天常瑾心那種曖昧的態度，今日網路上肯定有很多關於常瑾心和冷赫羲的八卦，所以他也沒打算看，只看了私人訊息。

冷太陽：想你了，等我回來。

小梨子：晚點回去，別想我。

冷太陽是早上出門傳的，小梨子是傍晚傳的，這兩個人還真是忙，闕望舒心裡是這麼想的。

他下了樓恰巧遇見一名工作人員，問：「今天的戲還沒拍完嗎？」

「拍完了，大家都在附近的那間海鮮餐廳吃飯，經紀人你也趕緊過去。」

海鮮餐廳在這附近小有名氣，闕望舒當然知道地點，但一走路他只有一種全身骨頭都快散了的錯覺，只能徐徐而行。

冷風吹著，偶爾聽見幾聲悶雷，今晚肯定又是一場大雨。

闞望舒確定自己沒找錯地點，但他不知道為什麼會有如此多的媒體記者堵在餐廳的大門口。

難道是小梨子的假緋聞爆了？

他趕緊拿起手機打了一通電話給鄭黎，響了半天卻沒有人接。他停佇在十公尺外一看，站在餐廳門口的兩人是如此般配。

《汪汪最前線》的記者問：「冷導，你真的和鄭黎同居嗎？」

冷赫羲反問：「住同一棟大樓就犯法嗎？」

「冷導，你真的和鄭黎分手了嗎？」

冷赫羲語氣異常冷漠，「我和他從來就沒有在一起過。」

全場譁然，沒想到他撇清得如此之快。

站在餐廳門後的鄭黎要不是被秦恕川強行拉住，早就衝上去揍人了。

《Alpha!》的記者也問：「冷導，你和瑾公子是真的嗎？」

「我……」冷赫羲看見站在馬路對面的闞望舒。

常瑾心看了遠處一眼，挽起他的手，親密耳語：「媒體和輿論都是嗞血狂魔，這麼簡單的道理，冷導不會不知道吧？」

「是真的嗎？冷導。」記者又問。

「我們當然是真的。」常瑾心見冷赫羲遲遲不語，在他的臉頰落一個吻，笑說：「相見恨晚，冷導你說是嗎？」

「好個相見恨晚，」冷赫羲看了他一眼，「這詞挺貼切的。」

常瑾心使出殺手鐧，讓人找來媒體開了一場臨時記者會，八卦、緋聞還有狗糧全撒了，他樂得心花怒放。

「我想媒體朋友肯定肚子都餓了，一起來吃飯，我請客。」

記者們趕稿都來不急，哪有閒情逸致在這吃飯，紛紛離去。離去的人還包括傷心、失望的闞望舒。

大雨毫無預警落下，身上暖暖的陽光味似乎被這場無情的大雨澆滅，他已經分不清臉上的是雨水還是淚水。

脫離秦恕川束縛的鄭黎，終於在一個無人的巷弄追上了在大雨中踽踽獨行的闞望舒。

「哥，你還……」

冷赫羲的背叛像似無情的暴雨不停地打闞望舒的身上，滲入心裡。他驟然停下腳步，滿腹委屈、悲傷、絕望，泣訴：「我到底做錯了什麼？為什麼他不要我？他不愛我，為什麼還要標記我？黎子，你告訴我……」

「你說什麼？他標記你……冷赫羲這個渣男。」鄭黎氣得怒吼。他想回去痛扁冷赫羲一頓，但渾身癱軟的闞望舒已跪在馬路上，鄭黎只能背起他，在雨幕裡狂奔。

兩人身上的雨水滴溼了大廳的地磚、滴溼了走廊的地毯，一路滴回房間。

「我要回M市，現在就走。」闞望舒只想逃離傷心之地。

闞望舒全身冷冰冰，鄭黎感受不到一絲他的體溫，這樣下去一定會生病的。

「你先去洗個熱水澡，我們再走。」鄭黎見他彷彿行屍走肉，「你不自己洗，我幫你洗。」

闞望舒眼神空洞地往浴室走，鄭黎也回房間沖了一個熱水澡，然後收拾自己的行李，接著回到闞望舒的房裡幫他整理行李。他看著太陽抱枕好一會兒，最後還是把它塞進旅行箱裡。

闞望舒頂著一頭溼漉漉的頭髮出來，鄭黎拿起浴巾幫他擦乾頭髮，拿起吹風機正要吹就被闞望舒阻止：「我們現在就走。」

「計程車還沒來，我幫你把頭髮吹乾，車子就來了。」鄭黎安撫道。

才吹了一半，髮尾都還是溼的，闞望舒似遊魂般站起來、離開。

鄭黎拉上兩個行李箱，跟在他身後來到大廳，給櫃臺房卡的同時說了一聲「退房」——在旁人眼裡有種落魄小明星幫王牌經紀人提行李的既視感。

兩人上了計程車，冷赫羲就回來了，他匆忙跑向櫃臺問：「鄭黎退房了嗎？」

「就剛剛在門口那輛計程車。」

冷赫羲衝出去，溼漉漉的路面倒映著昏黃的燈光，什麼都不剩。

他回到自己的房間，沒想到連通門一轉就開，纏綿過的床鋪已被整理過，潔白如新，似是被人刻意抹去痕跡。

冷赫羲往浴間走，空氣中還殘留熱氣和花香，他拿走被遺落的眼鏡，用唇輕輕碰了碰，他無法想像闞望舒魂不附體到了哪種程度，才會把能帶給自己安全感的眼鏡遺忘了。

他現在唯一慶幸的是——他標記了闞望舒。

所以，他還有那麼一丁點時間、一絲希望，尋回他的Omega。

人在高鐵上的闞望舒意識不清地喊著：「我要回家。」

鄭黎一摸，發現他的額頭燙得像剛煮好的水煮蛋似的，他不能帶闞望舒回自己的住處，但他也不知道闞望舒住在哪裡，他曾聽說是個違建，所以一下高鐵就帶著闞望舒往醫院跑。

門診時間早已過，深夜的醫院顯得格外冷清，並沒有人認出鄭黎，否則明天他抱著經紀人衝進醫院肯定上明天的頭條。

鄭黎幫他掛了急診。

護理師幫躺在淺藍色病床上的闞望舒量體溫、測血壓。闞望舒始終皺著眉頭，貌似非常痛苦。

「你是標記他的Alpha嗎？」李醫生用鄙視的眼神看著他。

「……」鄭黎情願自己是，「我是他的朋友。」

「我先幫他打一針退燒要緊。帥哥你看起來有點眼熟。」

鄭黎只是笑了笑。

醫生又說：「你和冷導的緋聞九成九是假的。」

「緋聞哪有真的。」這事傍晚已經爆了，鄭黎笑得很尷尬。

「冷導抱著的人比你矮了一些，也瘦弱一些。」醫生看向病人。

鄭黎心想：難道醫生你的眼睛有3D掃描功能不成？

「你的朋友進入發情期還被標記，我想吃抑制劑的效果可能不好。」

「發情期？他不是Beta嗎？」鄭黎一臉震驚又懷疑的表情。

「你知道婦產科的醫師幾乎都是男的吧，我是Alpha難道就不能理解Omega嗎？怎麼，質疑我的專業能力嗎？」

鄭黎偶爾覺得闕望舒香得過分，原來是隱藏Omega的身分。

「第一次發情是在十六歲，上頭有他長期購買抑制劑的紀錄。」醫生看了醫療紀錄，又看看病床上的闕望舒，覺得這樣的美人也會被「射後不理」，那個Alpha肯定是個渣男。

麻雀哥是個Omega，這事冷赫羲知道嗎？還是因為他早就知道麻雀哥是個Omega才和他在一起的？鄭黎覺得自己多想無益，因為冷赫羲已經和常瑾心那個賤人搞上了。

醫生又說：「雖然只是暫時標記，如果可以的話最好找標記他的Alpha過來安撫他。」

「如果病人不想見他，該怎麼辦？」

「找些有Alpha信息素氣味的東西來，勉強撐一下。」

鄭黎不甘願地從行李箱拿出了抱枕，塞進闕望舒的懷裡。闕望舒像是抓住浮木的溺水者，緊緊抱著太陽，幾乎要把它勒成兩半。

放心不下闕望舒的鄭黎窩在急診間守了一整夜。

翌日一早，闕望舒搬進ＶＩＰ病房，神駿娛樂的老闆就來了。

江駿靠近看了看昏睡的闕望舒，問：「黎子，望仔怎麼了？」

「他……駿哥，對不起，是我沒照顧好他。」事已至此，瞞著江駿也沒用，鄭黎坦白說：「他被冷赫羲標記了。」

「你說誰？冷赫羲?!」江駿驚訝得愣了好幾秒，突然喊出另一個人的名字，「程、炫、清！」

鄭黎被江駿這麼一吼也清醒了。

一定是冷赫羲把事情告訴程炫清，不然他們怎麼一早就搬來VIP病房，這醫院是程氏集團的附設醫院，他差點就忘了。

江駿打開落地窗，外頭晨曦燦爛，他卻感受不到溫暖。他拿出手機，撥了電話給程炫清。

鄭黎隱約聽見他提到闕望舒和冷赫羲，越說臉色越發難看。

「你先回去休息，這邊會有醫護人員看著。」江駿推開窗走進來說。「你別擔心望仔，他會好起來的。」

鄭黎回家洗個澡，睡了一覺，下午就回到醫院。

闕望舒高燒逐漸退去，但醫生說他可能會排斥其他Alpha的氣味，所以鄭黎一直不敢靠太近。

李醫生來巡房，驚訝道：「你還在啊！」

「醫院安靜，能讓人的腦子清醒一點。」鄭黎頓了頓，「醫生，他怎麼都不醒來？」

「被標記的Omega雖然是身體被占有，但那氣味可是會隨著血液蔓延五臟六腑，噬心還噬魂，愛得越深，痛得越真。」醫生走向門口，「愛情……無藥醫。」

鄭黎坐在沙發上滑開手機，他沒想到自己「被分手」後，一個個黑粉都冒出頭來。

「網路上怎麼盡是狗屁倒灶的事，我不能事事都依賴他，我就不信我不能讓你們這群鄉民閉嘴。」

鄭黎於晚餐時間首次在闕望舒早就幫他架設好的粉絲專頁——鄭黎．PEAR——發了送給繪素美術老總的圖。

黎騷：（鹿.jpg）

按讚的人數很快就破萬，但罵他的人依舊不少，還是質疑他的畫畫功力。

鄭黎翻出了闕望舒的手機，「哥，我不是故意看你隱私的，我只是想找拍廣告時你隨手錄的那段影片。」

他小心翼翼地把手機碰了闕望舒的指腹，黑色的螢幕倏地亮起，他忍不住瞄了一眼冷赫羲傳給闕望舒的訊息，不禁嘆氣。

他終於在一個名為「梨子」的資料夾找到影片。

好奇心誰沒有，鄭黎看了闕望舒對自己密密麻麻的註記。

「寫論文，打個問號是什麼意思？……討厭吃大蒜，這也被你發現。」

總覺得再看下去他就成變態了！

他把影片傳給自己後，連檔名都沒改，選在午夜把影片發了。

黎騷：（梨子愛畫畫.mp4）

線上夜貓子一大群，佳評如潮，但又有人懷疑他影片造假。

突然有一名為「繪素老總」的帳號留言：鄭黎的繪畫才能和繪素美術用品的品質一樣，經得起考驗。

鄭黎在這則留言按了一個愛心。

照常瑾心的操作，早餐時間鄭黎又發了一張圖——美少年被翩翩起舞的蝶群纏繞，他的雙手一上一下放在臉頰兩側，奮力張開的雙掌，彷彿想要掙脫蝶網。

早起的鳥兒有梨子吃，但這張圖鄭黎一樣沒有任何說明，不過有一位梨粉的留言就讓鄭黎的粉絲專頁爆了。

只愛梨子：世界美術大賞，金賞。（梨子弟弟好棒棒，比心）

一整排紅紅的愛心蓋得比摩天大樓還高。鄭黎從沙發站起，伸了一個懶腰，心情只有一個爽字可以形容。

淘氣小惡魔：美少年是哪家公子？

黎騷：我哥！

鄭黎關了手機，發現躺在病床上的人睜開了眸子。本是一雙澄澈的眼睛，現在卻空洞洞的，沒有絲毫生機。

「赫羲……他回……」闕望舒想起來他已經和別人在一起，閉上眼睛又睡了過去。

鄭黎輕輕碰了他的額頭一下，燙得跟小暖爐似的，只好又找來醫生。醫生看了快空的點滴，讓護士換了新的，還加了一劑退燒的在裡頭。

他說：「解鈴還需繫鈴人，你們還是想辦法找人來。」

這個人當然是指冷赫羲，鄭黎再清楚不過，他破天荒地打了電話給冷赫羲，「你來醫院一趟。」

冷赫羲在他們走的當晚便連夜趕了回來，但他知道闕望舒不會輕易見自己，他只能耐心地等，順便處理常瑾心的事。

來探病的江駿恰巧遇上冷赫羲，他壓根不想讓「凶手」進病房。

幸好這個樓層控管森嚴，沒有通行證是上不來的，但讓他們兩人在病房外爭執不休也不是辦法。

鄭黎拉住發飆的江駿，勸說：「麻雀哥一直高燒不退、昏睡不醒，還是讓他進去吧。」

「你們自家兄弟搞緋聞就算了，為什麼偏要纏上望仔。當初我就不該聽程炫清的話讓望仔去當……」江駿指著冷赫羲生氣地說：「你的私人助理。」

鄭黎震驚得差點鬆開拉住江駿的手。

冷赫羲冷靜地說：「江總，你會讓望舒來當我的私人助理不就是因為知道他就是我想找的人，不就是希望他能重新回到大銀幕上嗎？」

鄭黎以為自己瞞著闕望舒的事已經很過分，沒想到自己和闕望舒一樣都被人蒙在鼓裡。

這次鄭黎震驚得直接石化了！

江駿自責道：「如果當年我人在現場就好，望舒也不會……」

鄭黎不想聽他們在這裡悔不當初，「你還是進去吧，要是麻雀哥醒了，你可記得立刻離開，別讓他看見你。」

單調又冷清的病房，抱著太陽抱枕蜷縮成一團的闕望舒像個孩子，顯得格外脆弱。

冷赫羲小心翼翼地撥開他茶色的瀏海，長長的眼睫下是黑黑的眼圈。冷赫羲把手輕輕貼在他凹陷的臉頰上，闕望舒像是在寒冷的冬夜找到溫暖的泉源，抓住冷赫羲的手直往自己胸口揣。

冷赫羲用另一隻手拉攏被子，把闕望舒和自己的右手一併覆蓋住。

他一待就是一上午，整隻手已經麻痺得毫無知覺，他緩緩地把手抽離，闕望舒皺眉、嘟嘴，像個任性的孩子，一點都不想鬆手。

他緩緩地釋放出信息素，直到病房都充滿陽光的味道，闕望舒臉上的五官才舒展開來。

冷赫羲在他的耳畔呢喃：「乖，我上個廁所，喝口水，馬上就回來。」並溫柔地在闕望舒的耳朵落下一個吻，徐徐將手抽離。

冷赫義上完廁所站在床邊，什麼事也不做，只是癡癡望著闞望舒。

鄭黎一進房，就聞到熟悉的味道，皺了皺眉，「你勾引誰啊？麻雀哥還在睡覺呢！」

鄭黎覺得要是這樣勾引能讓人醒來，他也不反對。

「我剛剛想去上個廁所，他不肯鬆手，所以我才這麼做，你要是覺得不舒服可以晚點再來。」

「這味我常聞，扛得住，你沒法勾引我的。吃飯。」鄭黎雖然仍在氣頭上，但還是把餐盒遞給他。

「謝謝。」冷赫義難得給了一個笑容，「我是不是做錯了？」

「我不是當事人，我沒資格說你錯。」鄭黎回想起江駿和冷赫義早上的對話，現在比較能理解他的做法。

「望舒如果能醒來，罵我、打我，我都會欣然接受。」

「你和常瑾心的事，打算怎麼辦？你最好在麻雀哥醒來之前把事情處理好。如果他真的不願意接受你，我會好好照顧他的。」

「你什麼意思？」

「如果麻雀哥願意和我在一起的話。」鄭黎壞壞地笑，「Omega又香又漂亮！」

冷赫義沒想到鄭黎會有這種想法，他應該高興闞望舒隱藏Omega的身分，不然等他找到心上人時，說不定他已經名O有主。

「我不會讓你有這個機會的，你等著叫嫂子就好。」冷赫義下意識地散發出強烈的信息素，捍衛自己的領域。

「你的信息素是麻雀哥的救命藥，還是省著用，浪費在我身上實在是太可惜。」鄭黎雖然熟悉這味道，但不代表他能夠習慣，只好拍拍屁股又走了。

冷赫羲拿著餐盒坐回床邊的椅子，菜色看著豐盛，可吃進嘴裡全沒了滋味。

他想起他們的第一次，那天他讓闞望舒外帶川菜，白白糟蹋一桌美味。他夾起了小魚乾旁的辣椒，丟進嘴裡，辣雖辣，但他承受得住，只要闞望舒不離開他，這世間沒有什麼事是他承受不了的。

度日如年是什麼感覺？

冷赫羲一直以為八年已經夠漫長了，沒想到，八小時竟遠遠超過這一切，都是因為沒有了他，沒有那輪潔白無瑕的盈盈月光。

晚餐時間已至，鄭黎又出現，「你回去休息，晚上我顧著。」

床上的人似乎有了動靜，鄭黎直接把冷赫羲拖出病房，警告說：「他沒想見你之前，你千萬別進來。」

鄭黎進房一看，闞望舒睜開眼睛似乎在尋找什麼人。「你有沒有不舒服的地方？我讓醫生過來瞧瞧。」

昏睡太久，喉嚨乾啞，闞望舒發不太出聲音來，只擠出簡單的一個字，「水。」

他接過鄭黎倒來的溫開水，啜了小小一口，又說：「這是哪裡？」

「醫院。」

這樣高級的病房闞望舒以為這是某家飯店，沒想到居然是醫院。

住一晚肯定是天價，他負擔不起，「我能回家嗎？」

「駿哥說你這是公傷，公司全額買單。」其實是冷赫羲買單，但鄭黎不想提「私人助理」這事，免得影響闕望舒的情緒。

李醫生在遠處就感受到一股生人勿近的氣息，看了門外的冷赫羲一眼，進了房裡，撲面而來的是一股暖洋洋的氣味，和外面截然不同。

李醫生問：「哪裡不舒服？」

「我……肚子餓。」

醫生笑了，沒見過這麼可愛的病人，「喝點流質食物，清淡的。」

「我還全身痠痛。」闕望舒以為這是被標記的副作用。

「躺太久了，多起來活動就好。」

醫生走了，等在門外的冷赫羲也不見了，十幾分鐘後，他按鄭黎傳給他的訊息，提著兩袋食物回來。

「還買我的份？」

我哥終於想起我這個弟弟了。鄭黎心裡正樂著。

「我不知道他想吃什麼口味，粥買了兩碗，果汁也是，他不吃就是你的。」

還是得等人挑剩、吃剩的，他簡直和狗沒兩樣。

鄭黎接過食物後急著進房，「你回家休息，明天我再聯絡你。」

「他睡著就叫我，我怕……他明天肯定精神都不錯，我就見不到他。」天不怕、地不怕的冷赫羲，居然還有怕的一天，這人真的是他「親」哥哥嗎？

鄭黎一進門就發現闕望舒的視線落在門板上，笑說：「這外送的服務效率真好，我們下次還叫這一家。你先選。」

闕望舒是喜歡海鮮粥的，但一聞到海鮮味就想起那晚在餐廳外的情景，他拿了另一碗肉粥，慢慢地喝起來。

鄭黎見他有食慾很欣慰，有意無意地提起：「你還記得我們第一次見面的情景嗎？你不是問我為何要當藝人嗎？」

「難道你不是來寫論文的？」

「不是！」

闕望舒瞧了他一眼，等他繼續說下去。

鄭黎說：「因為我哥。」

已經幾天沒用手機的闕望舒根本不知道，鄭黎在個人粉絲專頁上說自己有個哥哥。

鄭黎回憶起以前，「從小我就希望有個手足。十歲那年，我爸再婚，家裡來了一個新哥哥，不論讀書、運動，他樣樣都好，就是我的偶像，我把他當神膜拜，不管他做什麼，我就跟在他屁股後頭。」

「他回來了？」闕望舒覺得他應該是個兄控無誤！

「嗯。」

「他也是明星嗎？不然你為什麼要進入這個圈子？」

鄭黎搖搖頭，「他是導演。」

闞望舒想起了一個人——冷赫羲。

想起這兩人太多的巧合，雖然他們承認是「學長學弟」關係，但闞望舒總覺得他們的關係應該還要更親密，所以才會誤認為他們以前是一對，萬萬沒想到居然是「親」兄弟。

這樣，所有的一切都有了合理的解釋，包括他們為何住在同一棟大樓，還住在隔壁，包括鄭黎願意和冷赫羲鬧緋聞。

鄭黎看著若有所思的他，遲遲不敢說出那三個字。

「你哥是冷赫羲。」闞望舒覺得自己上輩子肯定是造了什麼孽，不然為何老天爺總是為難他。

鄭黎投誠道：「我是站在你這邊的。冷赫羲就是個渣男！」過了幾秒，「其實，我覺得你挺可愛的，要不要考慮和我在一起？」

闞望舒笑了笑，「你還是饒了我吧，我的小祖宗。」

「逗你的，笑一笑心情就好多了。」鄭黎心裡居然有那麼一絲失落，「我還有川哥，魏雲才是真愛啊！」

闞望舒沒有問電影的事，鄭黎自然也不會提。鄭黎試圖轉移他的注意力，「我在我的粉絲專頁發文了，你要不要看看？」

鄭黎點開網頁，看見最新的訊息。

金烏：@黎騷。我弟！

「這誰啊？不是誰都能當我哥的。」

鄭黎往這隻金烏頭貼戳下去，然後頁面轉跳出現的是「赫羲電影工作室」。

「靠夭！居然真的是我哥。他從來不在社群軟體出沒的，轉性了不成。」

闕望舒羨慕說：「你們兄弟感情挺好的。」

他也看見了自己幫鄭黎拍的短片也被掛在上頭，又看了下方粉絲的留言，只覺得自己這個經紀人真是失職，並沒有責怪鄭黎用了自己的手機。

鄭黎突然發現話題又偏了，「你還是去洗洗澡，早點休息。」

闕望舒從行李箱翻出一套白色的休閒服，拿著它進了浴室。暖呼呼的熱水噴撒在肌膚上有種舒暢的感覺，一摸到後頸的腺體，他就不由自主鼻頭酸了起來。

為何沉睡這麼多天他自己再清楚不過，是因為害怕，害怕睜開雙眼看不見冷赫羲，所以他選擇逃避，遁入自以為安全的地方。

但是在睡夢中他總聞到暖洋洋的味道，他抱著渺小的希望，希望睜開眼就能看見冷赫羲，看見他眼裡全是對自己的眷戀。

闕望舒覺得自己真的太傻了。

他偷偷躲在浴室哭了一會兒，等心情平復才走出來，「黎子，你回去休息，我一個人可以的。」「等你睡著，我再走。」鄭黎在一旁的陪睡床躺下。

闕望舒躺回舒適的大床，閉上眼睛，時間在黑暗中流逝，意識在睡夢中飄蕩。他只感覺到床的另一邊有股自己喜歡的味道，循著味道越睡越外側。

接替鄭黎的冷赫羲已經盯著闕望舒很久了，他實在擔心闕望舒會摔下床，起身走往空蕩蕩的另一側躺下。

如果闕望舒是清醒的，理智絕對不允許自己靠近冷赫羲，但現在的他，理智和意識都不在線，所有的行動都是本能反應，尋求最原始的渴望，翻過身，身體不自覺地往對方懷裡鑽。

冷赫羲不敢緊緊擁抱他，怕一個不小心就把人吵醒，手臂輕輕貼在他的肩膀上，輕聲呢喃：「望舒。」

恍惚之間，闕望舒以為冷赫羲在喊他，但這怎麼可能，一定是在作夢。

「哥哥。」低啞的嗓音無比溫柔，像似被天邊的月光浸泡過。「記得那天我們坐在公園的梅樹下說的話嗎？」

闕望舒的意識稍稍甦醒，但他沒有睜開沉重的眼皮，只是緩緩汲取這一縷暖陽。

「那一個星期我住在外婆家，下午出來玩時，被兩個小混混欺負，他們掐住我的脖子，那一瞬間，我覺得自己就要死掉，忽地出現一位好心的哥哥，他猛烈地撞開他們……，他為了幫我而受了傷。我看著鮮紅的血從他的眼尾滑落，幸好他不是傷到眼睛。和他分開後，我每天都跑去公園找他，有幾次我還跑去他的校門口等，但我始終沒有看見他。」

發情期我都請假在家休息，你當然見不到我，傻瓜。闕望舒沒有張口說話，只在腦子裡回他。

「那天我又緊張又害怕，只記得他的信息素超級香的，迷得我連道謝都忘了。事後回想起來，我才知道他是進入發情期，當時要是他們對那味道感興趣，後果簡直不堪設想。」

他的食指輕輕掃過闕望舒彎彎的眉毛，「這麼多年了，我終於能把這句話親口告訴你，謝謝你，哥哥，謝謝你不顧自身安危救了我。」

冷赫羲在他的眉眼間落下一個溫柔的吻，「那天，我和你提這件事，我還以為你會開心地告訴我『我就是那個哥哥』。也許，你還有另一道傷口，所以才不說。望舒，相信我，我這一輩除了你誰都不愛。」

闕望舒的淚水從眼角滴落，滴進冷赫羲的心海，泛起一圈圈心痛的漣漪。

冷赫羲以為他和平時一樣又作噩夢了，散發出暖烘烘的信息素安撫他。懷抱裡的人呼吸漸漸變得均勻而綿長，冷赫羲的心也才趨於平靜。

冷赫羲自認為還算是善良之人，但如果有人踩了他的底線，觸了他的逆鱗，他定加倍奉還。興許，接下來他所做的事無法撫平闕望舒塵封的傷痛，但他還是要做。

8

玩火焚身的人始終只有他

常瑾心的情史堪稱近十年電影導演風雲榜！

八張常瑾心和導演們的親密合照一字排開，從出道作品《花殘》的趙導到最近停拍的《心跳》的冷導，導演一個比一個年輕，一個比一個帥氣，而常瑾心這朵Omega之花也褪去青澀羞怯，越發成熟嫵媚。

常瑾心邊看邊咬牙咒罵：「什麼瑾公子情歸何處？常美人花落誰家？我現在不是跟了冷導嗎？」助理阿寶說：「您不是常說：『藝人不怕負面新聞，就怕沒新聞。』這些都是別人忌妒你和冷導好上，才會這麼說。」

這道理常瑾心當然懂，但報導就該掌握即時動態，「這家八卦週刊挖出我的陳年緋聞究竟是圖什麼，都不怕讀者不買單嗎？」

「人總是喜歡拿現任與前任比較，我想那些記者應該也是。一比之下，當然是冷導大獲全勝。」

常瑾心進入發情期本來就是休息的，但阿寶很不理解為何電影要跟著停拍。

製作人的官方說法是大學場地租借出了問題，可是阿寶卻覺得是因為鄭黎拒拍才停的。他問：「周南禮這角色有沒有可能換人？」

「人力、時間、金錢都下了，換人不是不行，只是太難，說不定鄭黎就是小孩子耍脾氣，過兩天就回去求冷導了。」

「瑾哥，冷導和鄭黎真的是兄弟嗎？不管我怎麼看他倆長得一點都不像。」

「親兄弟都有鬩牆的時候，誰管他是不是兄弟。」常瑾心說著說著就累了，「幫我把抑制劑和注射器拿來。」

阿寶先從冰箱拿來一個小小的玻璃瓶，瓶內裝著透明無色的液體，接著取來一支注射器，問：

「這次不用喝的嗎？」

「這小小一瓶要一萬呢，用喝的效果不好，太浪費了。」

這瓶名為「香水」的抑制劑，號稱能養顏美容，長期服用還能改變信息素的味道；但只在黑市才能買得到，因為裡頭添加了禁藥。

雖然是非法藥品，但在Omega名人圈裡卻是人手一盒的必備美容聖品。

常瑾心在小有名氣後，便加入Omega口中的夢幻圈子，學習模仿他們生活方式，至今也快五年了。

「香水」目前共有五種香味，每種香味的瓶蓋顏色都不一樣。常瑾心使用的是這五款裡面最難調製、也是最貴的梅花香氣。他打開上頭霜白的蓋子，拿起針筒將針頭刺入後瓶塞，慢慢將珍貴的液體抽出，排氣後將針頭刺入上臂肌肉。

每當「香水」注入身體裡，常瑾心總覺得自己比以前更香了。

他想放鬆好好睡上一覺，讓藥效發揮最大的功效。

翌日，他又上了娛樂頭條，這次的報導還是和那些導演有關。

文中指出常瑾心被當年《花殘》的趙導包養，妥妥是個地下小情人。隔年和錢導在一起，雖然還是個小三，但可沒把正宮放眼裡，既不躲也不避，簡直把正宮當透明人。

現在和冷導在一起就是一齣血淋淋的橫刀奪愛劇碼——劇情一年比一年精彩，手段一年比一年高明。

一早醒來就被這新聞氣得頭疼的常瑾心打電話給冷赫羲，等了半晌，電話直接被轉入語音信箱。

「幫我準備衣服，我要去找冷導。」他對送早點來的助理嚷叫著。「地址你知道吧？」

阿寶點點頭，「八卦雜誌的圖解析度超清晰，我用智慧鏡頭一掃，那棟大樓和地址都一併出現了。」

他們很快就來到那棟不起眼的大樓前，警衛攔住他們說：「請問你們找誰？」

阿寶說：「不認識我家公子嗎？」

警衛仔細看了一眼——外貌雖美，但人品似乎瑕疵——故意說：「還真不認識。」

「我家公子找冷導，讓我們進去。」

「抱歉，我們不接受『刷臉』的。冷導不在家，要不你們會客室等著？」

阿寶沒想到一個小小警衛居然敢擺臉色給他們看。常瑾心雖然心中不樂意，但他今天一定要見到冷赫羲，說：「我們等。」

常瑾心發了一則訊息給冷赫羲，要他立即出現，不然就把照片公開。

可是他們等的人現在還在醫院陪著闞望舒。

冷赫羲原以為他昨天傍晚清醒後，今天上午應該不會再繼續沉睡，結果卻不如預期。冷赫羲壓根不信常瑾心會如此輕易把手中的底牌亮了，於是一待又是一上午，直到中午過後闞望舒醒來，他才離去。

等著有些不耐煩的阿寶，時不時就探頭向外面的街道看，然後發現一輛黑色的休旅車駛入地下室，「冷導回來了。」

枯坐一上午的常瑾心心情不悅，擺張臭臉迎接冷赫羲，「不請我上去坐？」

冷赫羲說：「有什麼事這邊說就行，我對自己的警衛還滿有信心的，他絕非八卦之人。」

常瑾心覺得超委屈，「你現在算是我的男友，不該對那些緋聞表示一點意見？」

「我能和眾多名導演『並駕齊驅』深感榮幸。」

常瑾心就不信自己融化不了這座冰山。他釋放出芬芳的梅香，慢慢貼近，卻在冷赫羲身上聞到一股有別於自己信息素的梅香，那是深山裡獨自綻放的寒梅，味道淡雅馨香又沁人心脾。

這人該不是昨夜一整晚都沒回家吧？

「冷赫羲你行，居然瞞著我找小三。」

常瑾心對「他」的了解，覺得「他」應該無法能容忍冷赫羲這樣的行為，兩人怎麼還可能共度一晚。常瑾心氣得臉色發青。

冷赫羲說：「你不是搞錯了什麼？我找了他八年，死也不會放棄他。」

常瑾心氣得臉紅脖子粗，「你找的人是我，不是他。你清醒點。」

「常瑾心，這世界最常欺騙自己的不是別人，而是自己。你別再自欺欺人。」

要不是看他和程炫清關係親密，常瑾心還未必看得上這位新人導演，如今卻被比自己小的晚輩教訓，他怎麼嚥得下這口氣，「冷赫羲，你越是想保護他，我越是想毀掉他，不要怪我無情。」常瑾心等不及想看他要如何拯救這場災難。

陽光彷彿能舒緩闕望舒的渴望。

他在ＶＩＰ病房專屬的空中花園一待就到日光西斜。

散步回來的他，看著用低頭在筆電上狂打字的鄭黎，問：「有沒有看見床上的抱枕。」

「我把它和換洗衣物一起送洗了。」鄭黎嘴巴說著，也沒有抬頭看他。

闕望舒聽聞如此殘酷的事實，淚水湧上眼眶，因為那上頭全是冷赫羲的味道，他最喜歡的味道，沒了那味道，他要怎麼度過漫長的一天？

他在心中怨著：沒事洗什麼洗，它又不髒。

他鑽進被窩裡，吸取殘留在床鋪上的氣息，發現除了一股淡淡的皂香，冷赫羲的味道也全都消失了。

怎麼連床單、枕頭套和被套全都被更換了？

沒有陽光的的每一分、每一秒，他覺得渾身難受，身體蜷縮成一團就像個脆弱的稚子。

病房除了敲打鍵盤的聲響，沒有其他聲音，鄭黎才發覺不對勁，才靠近床鋪，躲在被窩裡的人就害怕得顫抖起來。

這幾天闕望舒的情緒都算穩定，但鄭黎現在卻有種山雨欲來風滿樓的錯覺。

我真是個大笨蛋，居然忘了醫生叮嚀的事。

他一出門就在病房遇見送洗人員，接過衣物，急忙趕回家去。

他站在冷赫義的家門前狂按電鈴，冷赫義開門就問：「你怎麼回來了？」

鄭黎從袋子掏出抱枕，「快點拿著。」

冷赫義的心狠狠揪了一下，猶豫幾秒後，還是接過它，「望舒要你還給我是嗎？」

鄭黎面帶愧疚地搖搖頭，「我把它送洗了。」

他這個弟弟的神經有時還挺大條的。

「進來坐吧。」冷赫義把它擁進懷裡，如果可以他想咬抱枕一口，把滿滿的信息素灌入，讓它成為一顆真正的太陽。

「你和常瑾心的事搞定了嗎？」

「我出手，他絕無東山再起之日。」

「報導一直提《花殘》，難道常瑾心就是你要找的人？」鄭黎真的不懂他在想什麼。

「是也不是。」

冷赫義一直沒有把事情告訴他，是因為他沒有足夠的證據證明常瑾心的所作所為。

「《花殘》上映前不叫這個名字，聽說改了好幾次。那幾年古裝劇大好，每一個月就有一部新電影，小舅好像也是那時認識江駿的……」冷赫義邊說邊陷入回憶裡。

那年，他和他的小舅去拍片現場參觀，無意間聞到一股令他魂牽夢縈的香氣，只看見一襲淺藍色古風裝扮的少年匆匆忙忙進入更衣室，他想追進去一睹廬山真面目，卻被小舅死死攔住，讓他別妨害別人工作，可是他一直惦記著那股香味，又趁著舅舅不注意時跑去更衣室前晃蕩，也沒有看見那名翩翩少年。

後來他趁著小舅被人纏住時，又在拍片的現場找了一遍，最後找到了廁所，他隱約聞到一股帶著花香的臭味，但他不敢貿然進去，不是因為臭，而是怕嚇壞躲在裡面的人，他在外頭等了好一陣子，臭味淡去，清新淡雅的花香逐漸四溢，他開心地想進去確認那個人是不是以前幫助過他的「哥哥」時，他的小舅就邊罵他邊把人拖回去。

差點就見到朝思暮想的人，他怎麼可能輕易就放棄。回家後，軟磨硬泡逼得他舅舅翌日又帶他來片場，他卻再也沒看見那名藍衫少年，再也沒有聞到任何花香。

他再次失去他的消息。

回憶至此，冷赫羲笑了笑，笑自己實在天真得可以，竟然以為只憑一眼的記憶和一抹香味，就能找到那個曾經幫助過自己的人。

鄭黎又問：「那藍衣少年是常瑾心嗎？」

冷赫羲給他看了手機裡的圖，「難道不是嗎？」

「雖然模樣青澀了點，也沒現在漂亮，卻是常瑾心沒錯。」

八年過去，少年的五官長開了，變得更漂亮，或是做了微整形，他覺得都有可能。「我第一眼看見常瑾心時，差點就以為他是我要找的『哥哥』，尤其他身上信息素的味道幾乎和闞望舒的一樣。」

鄭黎越聽越不明白，「和闞望舒的味道一樣是什麼意思？」

「我認為當時躲在廁所裡的人就是當年救我的哥哥，也就是闕望舒，因為他們信息素的香味是一樣的，是一種天然的冷梅香味，不是任何藥物可以模仿的。」

「闕望舒的信息素香味真的很獨特。」鄭黎無意識地附和著，過了幾秒才震驚得下巴差點落地，「你你你，你是說我的經紀人闕望舒，我的麻雀哥哥嗎？」

闕望舒和常瑾心，這兩人相似之處太多，但有個天大的差別：一個是惟恐天下不知道他是Omega，另一個則深怕眾人知道他是Omega。

「前幾天我終於知道當年發生的事了，是常瑾心拿了『改變信息素味道』的抑制劑給望舒喝，搶走了他的角色，所以望舒才會改回本名，當起經紀人。」

冷赫羲懊悔著。當初要是江駿全盤托出，常瑾心根本進不了試鏡間，他也不會繞了這麼大一個圈才和闕望舒談戀愛，他更不用有意無意地問他想不想拍電影，還特地回二中取景拍戲。

「他媽的！難不成逛夜市那天常瑾心故意讓人送飲料給我喝，事後才來演好人，好讓我感激他們？」鄭黎沒想到他居然也導得一手好戲。

「人心難測！」冷赫羲認為常瑾心的心理有病，尤其是和闕望舒沾上邊的事，他只能用驕傲的假象來掩蓋內心的自卑。

鄭黎終於懂了，拍案道：「所以你做的這一切都是為了我的麻雀哥。」

「你只說對了一半，另一半是報復常瑾心。」

鄭黎想起那場被霸凌的重頭戲，感覺就是在惡整常瑾心，但常瑾心卻以為只是冷導求好心切。當了這麼多年的兄弟，鄭黎不知道冷赫羲還有這樣腹黑的一面。

「你和常瑾心的緋聞也是計畫好的嗎？」

「我本來只是想整整他也就算了，沒想到他居然拿『闕望舒』威脅我。你說，我還能饒過他嗎？不過緋聞這把火往我身上引，玩火焚身的人始終只有他。」冷赫羲拍拍蓬鬆且柔軟的小太陽又說：「如果到時望舒不肯原諒我，你記得站出來幫你哥說點好話。」

「我是站麻雀哥這邊的。不過，看在你一切都是為了他的分上，我勉強幫幫你。」

鄭黎的手機響了，是醫院來電話，對方表示病人情緒不穩定，打了一針鎮定劑，目前已經睡著了。

鄭黎感嘆道：「我看你還是趕去醫院，你才是他唯一的解藥。」

澄澈的夜空，掛著皎潔的彎月，冷赫羲在夜色中疾駛，趕到了醫院。

他悄悄打開房門，房內只留一盞昏黃的燈光。他看見棕色的頭頂露在棉被外頭，就像一隻小鹿躲在樹叢後，只露出一對小巧的耳朵。

冷赫羲輕輕地把抱枕放在闕望舒的枕頭旁，隨即退到他視線不可及的後方。

不一會兒，黃色的太陽緩緩地沒入棉被中。

冷赫羲被他這可愛的舉動搔得心癢難耐。他又等了一刻鐘，才敢在闕望舒的身邊躺下，盯著那微亂的頭髮瞧。

抱枕再怎麼香，也比不上源源不絕散發出光和熱的本尊。也許是太陽太溫暖，闕望舒將頭稍稍探了出來，眼睫有些溼潤，冷赫羲看了就心疼，心道：你究竟是折磨我，還是折磨自己？

冷赫羲又像昨夜一樣對著懷抱裡的愛人喃喃自語。

「想我了是嗎？望舒。

我知道你以前拍過電影，因為我曾經『驚鴻一瞥』你漂亮的背影，但我沒把握住與你相認的機會，如果當年我能不顧阻攔衝進更衣室，你就不會遭遇這一切。

打從你我接觸以來，我逐漸確認你是個Omega，但我不能戳破這層紙窗，我怕你因此而離開我；不論你是Beta或Omega我都喜歡你，因為我知道你就是當年救我的『哥哥』。你眉骨上傷痕就是我贈予你的勳章。

這些事都不是江駿講的，就算你病懨懨地躺在這裡，他也不曾透露一個字，因為他也為當年的事自責，所以你不要怪他、怨他。

要怪就怪我太早愛上你，要怨就怨我太晚遇見你。

望舒，對不起，我也傷害了你。」

一直埋藏在心中祕密需要一個出口。

說出這些不是希求闕望舒能原諒他，冷赫羲只是想告訴他，他知道他的傷痛，他會如魏雲陪伴韓語非一樣陪伴他，也會像愛周南禮一樣愛著他，卑微怯弱是他，天真良善也是他，他闕望舒是冷赫羲今生今世唯一的月光。

躺在床上的闕望舒覺得自己就像挨了獵人一箭、孤單躲在森林裡的小鹿。

打從冷赫羲進門的那一刻，闕望舒就能感受到他如陽光般溫暖的氣息，穿透樹林，灑落在自己身上；但他只能趴伏在森林裡，不能睜眼抬眸看那一縷陽光，他怕自己一睜開眼就會情難自禁緊緊纏住他，就會想吻他，就會……

他只能享受冷赫羲低啞的、如暖風的聲音拂過樹梢、穿透森林，最後落在耳裡，溫柔迴蕩。

然後他做了一個夢。

夢見一隻小鹿忍著傷痛慢慢站起來，跟隨挪移的日光，走出了幽暗的森林。

❀

花香滿室的豪宅裡，常瑾心仍是緊盯著娛樂新聞看。

「常美人疑似入主冷導豪宅?!」

「最香的Omega是瑾公子嗎？」

由於那棟老舊的建築物，還有那位毫無待客之道的警衛，常瑾心對入主豪宅這事完全不稀罕，倒是對於「最香的Omega」這名號，如果他說自己是第二，那又有誰敢稱第一。

「報個八卦也能扯上信息素，還敢說是獨家報導。」常瑾心嗤之以鼻，覺得這個記者八成沒門路，才會連一條值錢的新聞都沒有。

報導最後還指出常瑾心的信息素香味和長期服用抑制劑有關。

常瑾心看到這裡簡直氣炸了！

默默關注電影進度的助理阿寶，在「赫羲電影工作室」發現冷赫羲更新了兩則貼文。

金烏：冷導，你和瑾公子是「真的」嗎？

金烏：「真的」是一個騙局！

黎騷：「謊言」打造了我們的真實不是嗎？

金烏發的這句話是幾天前記者在海鮮餐廳前問冷赫羲的，當日回答的人卻是常瑾心，小助理再清楚不過。

從網頁上的回應就能知道看見此貼文的粉絲和吃瓜的都非常震驚，紛紛臭罵他們就是愛炒緋聞，喜歡把鄉民當笨蛋耍。

阿寶再仔細一瞧，發現這貼文時間遠比今天常瑾心被爆料的八卦還要早。

原來冷赫羲早就準備甩鍋了！

他想把這消息給常瑾心看，但他又不敢，因為等會兒常瑾心發飆起來，倒楣的還是他。

常瑾心見他鬼鬼祟祟，怒斥：「藏什麼？拿來我看看。」

他一接過就看見「騙局」二字，緊接著就看見黎騷的留言，「還引用冷赫羲講過的話，這人是沒自己的想法嗎？」下一秒，助理的手機就要遭殃了。

阿寶趕緊阻止他，哭喊：「瑾哥您別扔我手機啊，這個月已經換兩部了。」

常瑾心把手機摔在沙發上，碰的一聲後反彈跳了起來，還好助理眼明手快將手機接住，保住了一命。

怒火沖天的常瑾心，沒想到這把火全部燒到自己頭上來。

他曾派人調查過冷赫羲和鄭黎，但查來查去都是一些芝麻綠豆的小事，根本抓不到什麼把柄，要不是當時一個小狗仔太「喜歡」冷赫羲這號Alpha，常瑾心手上也不會有這幾張讓冷導「緊張」的照片。

「這鍋我不背總可以吧。冷赫羲，一切都是你逼我的，我就看你怎麼撲滅這一把火。」他聯絡上熟稔的娛樂記者，決定把手中的王牌公諸於世。

記者連忙拒絕說：「瑾哥，你這忙我幫不上。」

「平日也沒少給你獨家，你是不想混了嗎？」常瑾心真想搧他一個耳光。

「不是啊，瑾哥，你沒看剛剛的新聞快報嗎？我想檢調單位應該很快就會敲你家大的門了。」

記者猝不及防掛了電話，常瑾心的手機頓時沒了聲音。

他急忙喊道：「打開電視。」

形同虛設的九十吋大電視，平日裡他除了看一些自己演過的電影外，基本上很少開啟。

阿寶找出遙控器一按，直接轉到了二十四小時全年無休的新聞台，電視裡傳來主播的清晰的聲音。

「本台接獲觀眾投書爆料，指出緋聞纏身的藝人常瑾心涉嫌長期施打非法藥品牛奶針。許多長期失眠的患者表示，施打後紛紛表示感到愉悅、放鬆、減少焦慮，解決了睡眠困擾問題……。協助注射的是曾經幫常瑾心進行微整形的知名整形外科孫醫師。根據《毒品危害防制條例》規定，非法注射牛奶針將判刑……」

被嚇得臉色蒼白的常瑾心，接起經紀人打來的電話，說他已經聯絡律師，讓常瑾心不要擔心，把所有的過錯都推到孫醫生頭上就可以，「你只是買了舒眠療程，其他的一概不知道，記住了。」

檢調單位並沒有帶著搜索令來敲門，反倒是律師來了電話，把教戰守則給常瑾心講了一遍，「去警察局做筆錄時，我會全程陪同。」

翌日，常瑾心全副武裝並在律師的陪同下來到了警察局。

小警員對大明星並不太感興趣，只想趕快完成手上的工作，依照程序做好筆錄後，問：「採集尿液行嗎？」

律師抗議，「又不是現行犯，也沒證據我的當事人持有非法藥物，憑什麼採驗他的尿液？」

警員公事公辦，拿出檢調單位的令狀，律師一看見這張紙臉就綠了，「我和我的當事人溝通一下。」

「瑾哥，這尿非驗不可。」律師的第六感告訴他，常瑾心有事瞞他，「尿液可驗出藥物的時間約一週內，你這星期應該沒有去做『舒眠療程』吧？」

「沒有。」常瑾心前幾天才打過抑制劑，一時之間還不知道該如何開口，遲疑片刻，耳語道：「我打了抑制劑。」

「那是合法用藥，有醫療記錄，檢調單位拿你沒轍。」

「可是我的是『客製化』的。」

律師早有耳聞Omega圈子的抑制劑花樣百出，難保不會添加一些「美容養顏」配方，「成分你知道嗎？」

「我要是知道早就去當醫生了，還站在這裡幹嘛？」常瑾心懷疑起自家律師的智商。

律師有的是方法，只不過不到最後他不想麻煩老同學。他撥了一通電話後，所有的事情迎刃而解。

警員大概是這樣的事情見多了，不帶任何情緒說：「這張令狀有誤，等收到新的，再通知你來採驗，如果沒有問題，簽好名就可以離開。」

任何事情都是要付出代價的，常瑾心再清楚不過，等上了車他才問律師：「晚上讓我去見什麼大人物呢？」

律師笑了笑，「和主任檢察官吃頓飯，他可是你的粉絲。」

自從躍升為家喻戶曉的大明星以後，他已經很少接這樣的飯局了。

常瑾心笑笑說：「能不能讓他把案子撤了？」

「撤了不太可能，總要交差了事，重點是讓他認為你是無辜的，只是被孫醫生騙了。他又不是閒著沒事幹，光是那滅門血案就夠他忙的了。」

聰明如常瑾心，他自然知道該怎麼做。

晚上，常瑾心依約定前往飯店，陪他吃了頓晚飯後，兩人錯開時間，一前一後進了同一間客房。

常瑾心坐在他的大腿上，一邊解開的襯衫一邊說：「檢座，您一定要幫幫我。」

「沒問題。」要不恰巧接到這案子，漂亮的明星，他這輩子也別想吃上一口。

常瑾心看他一副色瞇瞇的模樣就反胃，「我還是先去洗個澡。」

他摟住常瑾心，「親一個再去。」

常瑾心被他親了滿臉口水後，終於能去洗澡了。

「親就親，居然還把舌頭伸進來，他媽的噁心死了。」常瑾心知道牛奶針很多人打，但他不知道裡頭居然含有毒品「丙泊酚」（Propofol）成分，覺得孫醫生為了點小錢居然欺騙他，真是太過分了。

這件事究竟是誰舉發的，他還真的毫無頭緒。他在浴室待了快要一小時才出來，沒想到檢察官居然氣定神閒在處理公務。

我就這麼沒有魅力嗎？

常瑾心散發出信息素勾引他，「檢座，換你了。」

「你先休息，我看完這一小節。」

常瑾心也懶得伺候他，直接躺上床去，就在快要睡著時，一個肥胖的身軀壓了下來，嚇得常瑾心差點沒喊救命。

被折騰了一整晚，檢察官何時離去，他也不知道，只想洗淨身上令人作嘔的味道，洗去不愉快的記憶。

安穩的日子過了三天後，常瑾心又上了警局，這次他很爽快地就答應採集尿液，不料卻聽見小警員說：「今天不驗尿，借你幾根頭髮用用。」

常瑾心得意的神情立即垮下來，「我能拒絕嗎？」

無助的常瑾心聯絡不上律師後，更顯得手足無措。

「強制執行。」小警員拿起剪刀，「你還是乖乖不要亂動，萬一我沒剪好，再來一撮，你漂亮的頭髮變成狗啃的，我可不負責。」

剪刀緊貼腦勺周圍的頭皮部位，刀刃交疊的那一瞬間，剪落的不僅是常瑾心的頭髮，還包括他的演藝人生。

初冬的陽光，從薄紗窗簾透了進來，淺金色的光灑落鄭黎身上，勾勒出一道愜意的風景。他盯著手機螢幕，嘴唇揚起一抹微笑，耳機裡傳來主播的字正腔圓的音調。

「……涉嫌使用非法藥物的藝人常瑾心，今日一早就被警調帶走，並且從家中搜出含有甲基安非他命（Methamphetamine），也就是俗稱冰毒的抑制劑。從畫面中可以看他出面容憔悴……下一節新聞，我們將會邀請專家一同深入探討『抑制劑』使用的迷思。」

鄭黎高興得差點跳起來，他沒想到冷赫羲不是不讓常瑾心東山再起，而是完全不給人留活路。

他迫不及待打了電話給冷赫羲，「這事是你搞的吧？你怎麼知道他使用的抑制劑含有非法藥物？」

冷赫義聽出他語氣裡的興奮，彷彿他一直都鄭黎心中最完美、最厲害的哥哥。

「記得我之前提過『改變信息素味道』的抑制劑嗎？我請小舅調查了一下，發現那些都只在黑市流通，成分肯定不單純。那次我不是進了常瑾心的房裡，發現那裡瓶瓶罐罐的香氛用品太多，常瑾心好像覺得自己永遠都不夠香似的；更巧的是，那些都是同一種香味。」

「梅花香！」

「他身上的信息素香味都是靠一款名為『香水』的抑制劑產生的。這一波掃蕩，應該還會牽扯出一堆人。……望舒醒了嗎？」

「還沒，算一算發情期應該過了，他這樣下去沒問題嗎？」鄭黎聽見床鋪傳來聲響，急忙說：「他醒了，我掛了。」

闞望舒不是不想早早起來，只是每晚冷赫義都在講床邊故事，他都捨不得睡，等到凌晨三、四點才睏得睡去，這一睡就來到了中午。

闞望舒走來沙發坐下，看見《心跳》的劇本放在茶几上，手指輕輕拂過「冷赫義」三個字。

鄭黎見他若有所思，說：「你說得對，這個故事還挺感人的。」

闞望舒隨手翻了翻回想起「韓語非」的抉擇。

大考結束後，頓失目標的韓語非終於崩潰了！

每日他都覺得生活毫無目標，悶悶不樂，每夜不斷受噩夢侵擾，苦不堪言。幸運的是，魏雲和他上了同一所大學，陪伴他度過一次又一次難熬的時刻，韓語非的憂鬱症慢慢有了起色。

那天，他終於拋下所有的顧忌，鼓起勇氣，他想告訴魏雲，說自己喜歡他，喜歡很久了。他還沒聯絡魏雲，魏雲卻興高采烈地跑來找他，說是遇見周南禮，還問韓語非自己該不該提起勇氣去告白。是夜，韓語非輾轉反側，但他的憂鬱症卻沒有發作，他知道自己放下不堪的過去，也是該放下魏雲的時候了。

闕望感慨道：「有時候愛是放手，是成全。」

鄭黎也說：「韓語非也應該找個喜歡自己的人來愛，不然實在太孤單、太可憐。」有個喜歡自己的大導演，闕望舒覺得自己可比韓語非幸運多了；可是一回想起冷赫羲居然和常瑾心搞在一起，他的心就像是暴露在寒風中無比難受。

雖然鄭黎告訴他這一切都是假的，都是為了揪出常瑾心的狐狸尾巴，但冷赫羲為什麼要選擇那時標記他，害他生不如死，想離開他也逃不了。

被人背叛，他的心如刀割；被人拋棄，他痛不欲生。闕望舒才不想如此輕易就原諒他。想愛他，又不想原諒他，冷赫羲說得對，我就是在折磨自己罷了。闕望舒在心底暗暗罵了自己一聲傻子。

鄭黎見他一臉苦惱的模樣，全然不想提常瑾心被法院羈押的事，只能偷偷看著相關報導，既然是相關報導，「冷赫羲」當然也跑不掉。

「這是搞什麼鬼？」鄭黎看見一張模糊的圖，嚇得大呼小叫。

「見鬼了嗎？我看看。」闕望舒想看他的手機，鄭黎卻直接關掉。「欲蓋彌彰。我看自己的總行了吧。」

闕望舒太久沒用手機，一開機上百條訊息不斷地跳出來，最新的一條則是江駿傳來的。

他點開網址，是一則關於常瑾心的報導：常瑾心在八年前初登大銀幕，就涉嫌使用非法抑制劑欺凌其他演員，目前已被法院羈押……。

鄭黎走過來才發現他已經看見新聞，「哥，你沒事吧？」

「沒事。」原以為自己能和韓語非一樣釋懷的闕望舒，心中頓時百感交集，硬是擠出這二字來。

他沉默片刻後又說：「我對你剛剛看的新聞比較感興趣。」

鄭黎一副你饒了我的小表情，「我們來吃點下午茶如何？你還沒吃中飯呢！」

「行啊，來點水梨焦糖起司蛋糕、冰糖燉雪梨還是八寶桂花醬釀梨？你覺得哪個好呢？」闕望舒壞壞地笑，「親愛的小梨子！」

鄭黎從沒見過他這樣誘人的表情，擠在他身邊坐下，「看見緋聞第一要務就是冷靜，第二要務還是冷靜，第……」

「就是冷導的緋聞而已，沒什麼大……」闕望舒的話卡在喉嚨裡，「靠夭！這不是我和冷導嗎？」

頭戴小瓜呆安全帽和口罩騎著小五十的兩人，竟然也能被人認出來。

闕望舒佩服說：「這狗仔肯定是冷導的鐵粉、真愛粉。」

他沒有糾結於文字的描述，而是仔細看了圖的來源——翻攝自影子個人專頁。

不搜還好，一搜簡直嚇壞闕望舒和鄭黎，網頁上頭的簽名是——有種信仰，叫做陽光！

更令他們驚訝不已的是，冷赫羲在就在他們眼皮底下，光明正大地按了一個讚。更絕的是影子又發了一張圖，兩人坐在二中的教室，冷赫羲像個中二生一般描摹著闞望舒的背脊。

鄭黎納悶著：「他該不會是用『天文』望遠鏡偷拍吧？」

闞望舒一時會意不過來，「你也太誇張了！」

「你們一個是太陽，一個是月亮，當然是用天文望遠鏡呀！」

「……」闞望舒訝異地看了他一眼，說：「怎麼又給讚？感覺冷導已經自暴自棄了。」

鄭黎看了上頭粉絲的人數連一百都不到，安慰道：「根本沒人關注，而且只是背影，打死不認就好。」

這話怎麼聽起來很耳熟！

闞望舒不想管這個「影子」小粉絲，直接把網頁切到「赫羲電影工作室」，他一看見照片，整個人就愣住了。

9

原來我早就離不開他，我的太陽

「這不是你的眼鏡嗎？」鄭黎好奇地指著相片問。

「是我的沒錯。」闕望舒想起匆促離開的那一夜，他傷心得連平日都要再三確認的眼鏡居然給遺忘了。他趕緊看向圖片下方的文字。

金烏：想念你微笑的眼睛！

闕望舒嘴角微勾，接著看下張圖——停在警衛室前老舊的小五十。他沒想到這輛破車的圖冷赫羲也發。

金烏：想念你的味道。

明明只是輛交通工具，為何他有種看見情趣用品的錯覺。他的臉突然燙了起來，然後看著最新的圖——太陽抱枕。

金烏：我是你的太陽。

這樣霸道的語氣，讓闕舒想起了久遠的那一句話：「哥哥你是Omega吧，我長大要娶你。」

他的心彷彿被下了咒語，困在了沒有陽光的地方，所以不是很想繼續往下看，卻發現了一直關注鄭黎的Alpha粉絲的留言。

妥妥是個A：眼鏡和摩托車的主人是他！（有圖有真相，附上網址）

闕望舒很害怕一戳就戳中病毒，正猶豫不決，一旁的鄭黎手發癢地幫他點了進去。

鄭黎說：「這不是我故意和川哥炒緋聞的照片嗎？連來這裡做什麼？」

闕望舒也是看不明白，又切回「赫羲電影工作室」的網頁看下方的留言。

影子：我有更親暱的，但被「我的信仰」收走了。

淘氣小惡魔：老司機也懵了！這種套路滿滿的緋聞是什麼操作？

只是路過：哈哈哈……被我說中了！（聽說梨子的經紀人也摻一腿）

闕望舒看了這個路人的留言，他秒懂了，身為配角的他才是重點——只要網友認真仔細比對就會發現冷赫羲睹物思何人。

這不是心照不宣的遊戲規則嗎？

不是見不得光的地下戀情嗎？

闞望舒問：「他發這幾張圖究竟是什麼意思？」

鄭黎認真地思考後說：「昭告天下，名O有主！」

闞望舒頭疼得很，正想回床上再躺一躺，國民男神秦恕川居然來探望他了。

秦恕川一進房就看見闞望舒氣色紅潤感到非常欣慰，接著送上水梨禮盒，「一點心意。」

「川哥人來就好，怎麼還送我『你』最愛的梨子。黎子，幫忙把梨子削了行嗎？」

「哥，你讓我自相殘殺呀，你可真夠壞的。」鄭黎拆開禮盒，拿走兩顆到一旁的小廚房殺梨子。

不一會兒，清脆多汁的梨子就被擺在茶几上。

秦恕川開門見山地說：「我知道你還不想見冷導，也不看他傳給你的訊息。」

我每晚都盯著他看，誰說我不想見了？我只是還沒有想好如何面對他而已；但闞望舒怎可能把這想法說出來。

「冷導讓我把這個音檔傳給你。」秦恕川發誓道：「我真的沒有偷聽，但冷導建議你戴上耳機。」

都敢發圖表示愛意，難不成還怕愛的告白被別人聽見，讓我戴耳機，門都沒有，我偏不戴。闞望舒賭氣地想著，拿起一片梨子吃著，用另一手滑開手機，按下播放。

一陣輕微的喘息聲後，傳來一個熟悉的聲音：「我愛你，赫羲……」

闞望舒嘴上咬的梨子嚇得直接落地，他急忙關掉手機，「我還是旁邊聽，你們繼續聊。」

他紅著臉逃去床邊，戴好耳機，令人害臊的聲音鑽進他的耳裡：「我愛你，赫羲……我就是當年那個侍從，我就是你要找的Omega……常瑾心他不是、他不是，赫羲你相信我的話嗎？……我想要你標記我，我想成為你的唯一。你不要離開我，不要走。」

原來是我主動要赫羲標記我的。

原來是我主動告訴赫羲自己埋藏多年的祕密。

原來我早就離不開他，我的太陽。

稍稍平復的心現在又變得更亂了！他真的不知所措。

感情這種事，旁觀者還真插不上手，在一旁吃梨子的他們也只能「道德勸說」。

秦恕川說：「你就見見冷導，給他一個當面解釋的機會。」

鄭黎也說：「如果有人找了我八年，我直接娶了！」

「叩叩叩」富有節奏的敲門聲響起，解救了不知道該如何回應的闕望舒。

巡房的李醫生一進來就看見大明星秦恕川，心想：這個Omega也太招人喜歡了吧。

「醫生，我能出院了嗎？」闕望舒感覺自己已經沒事了。

暫時標記褪去、發情期結束，連常瑾心也被抓了，如果再按程炫清他們的要求繼續把人困在這裡，李醫生認為實在沒任何意義。

李醫生微笑說：「明早就能回家了，不過……」

居然還有但書，醫生該不是要為難我吧？闕望舒洗耳恭聽。

「建議你的抑制劑換一款，長期改變信息素的味道實在太傷身了。」醫生怎麼也想不通，這樣特殊迷人的香氣，人間難得幾回聞，居然還得特意隱藏，豈不白白糟蹋了。

鄭黎彷彿聽見重大的祕密，立刻把這第一手消息傳給了冷赫羲，後頭還附帶一句：你欠我一個人情！

聽說錢能解決的事都是小事，可闕望舒就是缺錢，更換抑制劑這事得從長計議。

他向醫生道謝後，也把秦恕川送走了。

隔日上午辦了離院手續，闕望舒打算和鄭黎一起離開，鄭黎卻說：「我先走，等記者把我團團包圍時，你就從其他的門悄悄開溜。」

幾個明星在醫院進進出出，狗仔怎麼可能不發現，闕望舒還真的沒有想到這一點。等記者的注意力都在鄭黎身上時，他就偷偷地從另一頭的側門離開。

他既沒戴眼鏡，也沒戴口罩，俊俏的面容在路邊十分得顯眼，一下子就攔到計程車。他讓計程車在醫院繞了一圈後，才接上鄭黎。

鄭黎問：「上哪去？」

闕望舒想回去自己的小套房，又怕冷赫羲找上門，和鄭黎回家肯定還沒進大門就會被冷赫羲逮到。

闕望舒說：「去神駿娛樂。」

神隱多日的闕望舒出現在公司，同事們竊竊私語。

有人問：「你今天戴隱形眼鏡嗎？」

「沒有！」闕望舒難得如此坦然。

有人附和：「不戴眼鏡好看，這顏值都可以當明星了。」

一旁的鄭黎也說：「是啊是啊，要是演上一部劇，我不得天天守在電視機前面。」

終於等來電梯，闕望舒和鄭黎直接上了八樓。

「駿哥。」闕望舒看見他的眼睛有些紅腫，彷佛一整晚沒睡的模樣，加上脖子上隱約可見吻痕，覺得他昨晚大概又是和程炫清鬼混去了。

「望仔，哥想死你了！」江駿離開辦公桌，給了他一個擁抱。

果不其然，江駿身上有一股「苦艾酒」的信息素氣味。

闕望舒想起有人是如此形容喝苦艾酒的感受：剛開始和平時喝酒沒兩樣，然後逐漸發現這個世界的殘酷，進入最後一個階段就能看見所有你想看見的美好事物。

闕望舒始終覺得江駿一直停留在「殘酷」這個階段——程炫清怎麼要都要不夠，彷佛只有咬開江駿的腺體，才能感受到對方的信息素。

他本想找江駿借住幾天，但看見他這副要死不活的模樣，實在很無言。

鄭黎聞到這味，像是拿錯酒杯，喝到的不是自己的酒一般，不禁眉頭微蹙。

闕望舒知道他辦公室裡頭有一個休息室，問：「我今晚能睡在公司嗎？」

江駿也不是想拒絕他，但等他開啟那小房間，他終於知道為何江駿現在人在公司而不是在家休息。

「我還是去我的辦公桌趴上一晚，反正這幾天躺得有點腰酸背痛。」闕望舒自我解嘲道。

「你不在的這些日子，我幫你物色了一間不錯的小套房，一個月只比你那間多三……多兩千而已，你要不要去看看？喜歡的話，可以直接入住。」江駿從抽屜裡拿出了一串鑰匙給他。

「等明天吧，我先去研究黎子不拍電影得賠多少。」他走到門口又說：「這電影停拍了，我們還需要付違約金嗎？」

江駿很想告訴他，這事根本無須煩惱，但又怕他太閒胡思亂想，「你好好琢磨，不行的話就打電話給律師問問。」

公司有警衛還有保全，就算是三更半夜，還是有藝人進出，既然闞望舒要待在公司「加班」，鄭黎就沒有必要陪著他。

「我明天再陪你去看房子。」他對闞望舒說，然後看向江駿，「駿哥，我先走了。」

鄭黎邊走邊發消息給冷赫羲：求我，我就告訴你一個天大的祕密！

他以為昨夜告訴冷赫羲「看房子」這個天大的祕密，能讓他對自己「好」一點，沒想到反而被他威脅了——如果我和爸說，你和秦恕川的緋聞是「真的」，你說他會不會派人來把你綁回去？會不會直接幫你物色個門當戶對的老婆？

自由自在慣的人，怎肯甘於束縛？

被人威脅的鄭黎一早就匆匆忙忙趕來公司，看見闞望舒還趴桌上睡覺，頓時鬆了一口氣，然後一個人走去接待室，坐上沙發，緩緩地吃起差點忘記買的早餐。

闞望舒甦醒，走往廁所途中發現了鄭黎，「你怎麼這麼早，還怕我跑掉不成？」

鄭黎不知道要是真的搞丟這隻可愛的痲雀，冷赫羲是不是真的一輩子再也不理他？他是不是就得待在K國過完下半輩子呢？

他說：「我怕你餓著，買了早餐來給你。」

闞望舒去廁所洗漱回來，坐在他的旁邊吃起早餐。

鄭黎又說：「等你忙完，我陪你一起去看房子。」

吃完早餐後，闞望舒把手機上未回覆的信息全都回了，沒接的電話也都回撥，有幾通電話還扯上冷赫羲的事，讓他尷尬得無言以對。

一忙就是一整天，等到事情處理得差不多時，太陽已然傾斜。

鄭黎說：「我叫了車，正在樓下等著。」

鄭黎和闞望舒一前一後走出經紀公司，守候在樓下的媒體記者蜂擁而上。

《娛樂週「爆」》的記者搶先問：「闞經紀人你和冷導在一起多久了？」

《Alpha!》的記者問：「對於冷導公開告白，你有沒有話要對他說？」

闞望舒擺出經紀人的職業笑容道：「不好意思，我是經紀人不是藝人，還請大家多多關注我們家鄭黎，不要關注我的私生活，謝謝。」

鄭黎手臂一伸擋住了躁動的記者們，讓惴惴不安的闞望舒進了車子，並且將門關上，「各位，有事問我，我一定給大家一個滿意的答案。」

藝人幫自己的經紀人擋媒體，記者們還是第一次遇見這種奇葩的狀況。不過，《汪汪最前線》的記者才不管這些，問題有人回答最重要。他問：「你和冷導真的是兄弟嗎？」

鄭黎簡單一個字：「是！」

《Alpha!》的記者知道他也常往醫院跑，問：「你和你的經紀人又是什麼關係？」

鄭黎掏出手機按了按，露出一個高深莫測的表情，「請大家關注我的個人粉專，謝謝。」說完，他就上了車，揚長而去。

記者們紛紛拿出手機戳進「鄭黎．PEAR」探個究竟。

鄭黎方才發了一張私藏的美圖——他回眸看著正在幫自己繫蝴蝶結的闞望舒。

黎騷：我嫂子！

記者們震驚了幾秒後，一哄而散。不用半個小時，全網都瘋了！

只愛梨子：確認過——是嫂子——的眼神！

淘氣小惡魔：最俊美的經紀人！（獻上我的膝蓋）

妥妥是個A：這兩兄弟是世界最幸福的A。

甜不辣：我的白月光！

來自星海：+1

川味烏梨最好吃：+1

金烏：+1

坐在車上的闕望舒看了趁著停紅燈時滑了一下手機的司機一眼，視線又挪回手機螢幕上，看著越來越多的回應，他也沒說什麼，只是覺得那時的自己真的是太瘦了，還有連眼鏡都遮掩不了的黑眼圈，怎麼會是最俊美的經紀人和「他」心中的白月光呢？

他雖然走出陰霾，但自信心可不是一夕之間就能恢復的。

鄭黎一直覺得這照片拍得很好，終於有機會拿出來晒一晒。「你生氣了嗎？」

「沒有。」闕望舒想了想又說：「我一直認為當『經紀人』這事自己做得不是很稱職。」

雖然他可以整天跟藝人混在一起，替他發表聲明……，但他不曾想過能和他攜手並進親如「一家人」。

天色逐漸被渲染成一抹深藍色，燈光也一盞接一盞亮起，下班車潮湧現，車速也慢了下來。

鄭黎的電話突然響起，他說了兩句後就掛掉，轉頭對闕望舒說：「川哥約我吃晚飯，你自己一個人行嗎？」

最近麻煩鄭黎的事實在太多了，他點點頭表示沒問題。

鄭黎對司機說：「我在前面那個花店下車，請你務必將我的朋友安全送達。」

車子裡只剩下闕望舒和司機，他們並沒有交談，闕望舒看著窗外不斷更迭的燈火。這條路他很熟悉，去冷赫羲的家，他一定會經過這個商辦區。

街上的行人紛紛抬頭仰望同一個目標——程氏集團大樓。

他好奇地隨著他們目光往上看，大樓外那巨大的電視牆上寫著幾個大字：望舒，你是我的白月光！

這是對我告白嗎？

闕望舒震驚得腦子有點混沌，沒發現司機從照後鏡瞄了他一眼又一眼。

車子在車龍裡徐徐前進，闕望舒的視線就釘在那一行字上，直至它消失不見，然後又在另一棟大樓的跑馬燈看見。

浪漫的告白反反覆覆地出現，闕望舒看不出來有任何邏輯可言，只知道這肯定很燒錢。

他打開手機一看，「望舒，你是我的白月光！」已經變成關鍵詞，掛在搜尋引擎的首頁，還有人把所有亮起這句話的點都標在地圖上，形成了一輪明月。

除了浪漫，還是浪漫！

又有人分析這些亮燈的建築均為程氏集團所有。

眾人又紛紛猜測投資電影的程炫清和冷赫羲究竟是什麼關係，難得的是程炫清居然讓公關部發表了聲明：我們是一家人，凡是與冷赫羲、鄭黎及闕望舒之不實報導……將提出申訴並依法訴究法律責任。

難道程炫清就是冷赫羲口中的小舅？闕望舒自覺傻到這樣明顯的資訊居然都沒發現。

這聲明一公開，冷赫羲和鄭黎的家族背景就被扒了出來。

冷赫羲的母親是被喻為千年一遇最美的舞蹈家，父親是個飛官，冷赫羲則是遺腹子，她在孩子十二歲時改嫁K國的商業鉅子鄭喬，也就是鄭黎的父親。

看到這個新聞的闕望舒整個人都懵了！

原來他們背後有這麼強大的靠山，難怪那些緋聞再怎麼炒也就那樣，還有那部電影拍不拍、賠不賠錢，他們一點都不在乎。

闕望舒一直關注新聞，沒發覺自己已經被載到一個陌生、隱蔽的地方。他看了看著一棟棟錯落在樹林間的建築物，有種來到度假村的錯覺。

車子直接駛進了車庫裡，鐵捲門被放下來，闕望舒才驚覺不對勁，一股令闕望舒悸動難安的信息素從駕駛座散發出來。他想開啟車門卻發現車子是上鎖的。

司機摘下鴨舌帽、拿下眼鏡、脫下了口罩，露出俊俏的面孔，他長腿一伸，跨越中島置物架，來到了後座。

這是他的車，我居然被記者搞得都沒發現，還有那鄭黎口口聲聲說會站我這邊……。闕望舒真覺得自己太大意、太天真了！

「望舒，我好想你。」冷赫羲的嗓音低啞又溫柔，還帶著一股討饒般的勸哄，像根羽毛輕搔闕望舒的心。「你別生氣了！」

被困在狹小的空間，闕望舒下意識往車門邊挨，這一挪，後座的空間反倒是多了出來，方便冷赫羲坐在他的身邊。

鼻息間彌漫的是再熟悉不過的暖烘烘香氣，令闕望舒渾身酥麻，他不敢看他如火的目光，把頭低下去，散落的瀏海遮蔽了他大半邊漂亮的臉龐。

「望舒，我愛你。你說說話，不要不理我。」冷赫羲撥開闕望舒的髮絲，他長長的眼睫像一把羽扇輕輕顫動。

冬陽般溫暖的氣息變得更濃烈，籠罩在闕望舒的周身，他想仰首看冷赫羲一眼又猶豫，想生氣也提不起勁，「我……」

身體的本能反應比言語還快，淡雅的梅香散發出來，徐徐融入陽光的味道裡。

「我好想你。你以後不准再欺騙我。」闕望舒只能弱弱地擠出這兩句。

「好。」冷赫羲輕輕吻了上去，舔舐水嫩的唇瓣，像是嘗到了一杯梅香花茶，令他想一飲而盡。

他怕闕望舒的頭磕著，大手扣住他的頭，手指親暱地摩挲著他的髮根，溼熱的軟舌鑽了進去，舔舐著他柔軟的上顎，花香浸染口腔、鼻腔，逐漸滲入五臟六腑裡。

品嘗完一杯花茶的冷赫羲將額頭抵在闕望舒的額頭上，「看見你這些日子如此難受，我也很不好過。雖然是你自願的，但是我也不應該趁你酒醉時標記你，我就是怕你離開我，我才……」

「別說了，你想說的話我都知道……」我都記在心裡了。闕望舒真想如此告訴他。

「每晚你總是窩在我懷裡，我想碰你卻又怕你討厭我。我憋得快要瘋了！」

身心煎熬的他，手掌隔著一層柔軟的布料在闕望舒腿根之間摩挲，闕望舒敏感的分身被掌根壓住、輕蹭，便發出一聲微弱的悶哼和下意識的掙動。

冷赫羲宛如剝開含苞待放的花蕾，將闕望舒的衣物一層又一層褪去。

溫暖的指尖擦過背脊，還是那股熟悉的感覺，闕望舒彷彿被電到一般激起一陣酥麻，漂亮的臉蛋隨即染上情慾的紅暈。

冷赫羲強烈的占有慾已然無法克制，但把闞望舒放倒在座椅上的動作卻是又輕又緩。他含住那一隻軟軟的耳朵，用唇齒細細地磨著，輕聲呢喃，熾熱的氣息打在敏感的頸側，闞望舒下意識張開雙唇輕吟。冷赫羲一邊吻著一邊褪去自己的衣物，抬起對方圓潤的臀部，將灼熱的陽物擠進水嫩的花芯中。

闞望舒能感覺到對方如狂風如驟雨的慾望，每一次的進占都狠狠地撞擊在最深處，把自己那又狹窄又溼潤的甬道填得滿滿的。甜蜜的顫慄從尾椎升起，順著背脊蔓延而上，無法控制的呻吟溢出了喉嚨，承受著巨大愛意的身體開始發麻、發顫、緊繃。

冷赫羲能感覺他的呼吸越來越急促，後頸的腺體散發出濃郁的信息素，就像是裹上了糖漿的花朵，只要一經陽光照射，蜜汁就會融化，散發出一股魅惑人心的甜蜜香氣。他只想把人緊緊鎖住，把發燙的胸膛緊緊貼合在一起，長鞭一揮，用滿滿的愛澆灌他。

「嗯嗯啊啊……赫羲……」闞望舒的雙手緊緊纏住他的脖子，淚水不斷從眼角滑落，帶著哭腔的呻吟全被冷赫羲狠狠吞嚥進喉嚨裡。

這種被陽光拂照的安心感令闞望舒貪戀地蜷縮在冷赫羲懷裡，聽著那強而有力的心跳，閉上雙眼就想沉沉睡去。

慾望暫時解除的兩具身軀依舊交疊在一起。

小憩片刻後，冷赫羲打開車門，冰冷的空氣把闞望舒凍醒。冷赫羲隨手拿起外套裹住他，「我抱你進去。」

闞望舒從零亂的衣物中找出鑰匙，拿在手上，就被他擁入懷裡。

拾級而上，來到門前，闕望舒的手輕顫著，試了很多次才把鑰匙插入鑰匙孔，推開大門，透過落地窗隱約可見黑暗的外頭是一座湖泊，皎潔的月亮倒映在湖面上。

他們沒有在這窗美景前佇促，轉身進入寬敞的浴室。

闕望舒問：「這房子是你的吧？」

「是我小舅幽會情人的地方。」他見闕望舒一臉錯愕，繼續說：「也就江駿一個人罷了，你別替你老闆操心了。」

冷赫羲深情地望著他，「跟我回家，還是你想住這裡？如果你想，那我和舅舅……」

「我想和你在一起，」這是闕望舒內心最真實的渴望，「一輩子。」

幾天後，闕望舒懶得理會那些緋聞，拖著行李箱直接搬進冷赫羲的家。

「還有衛生紙嗎？」闕望舒拉開抽屜看見一盒熟悉的物品，打開一瞧沒料到竟然是一打抑制劑。他對著在廚房裡忙活的人喊著：「冷赫羲，你究竟還有什麼事情瞞著我？」

「冷靜、冷靜，我可以解釋。這是針對我特殊體質『特調』的抑制劑，但後來你答應和我在一起……我壓根忘了它的存在。」冷赫羲溼潤的雙手在大腿上擦了擦，把人抱緊處理，「以後也不需要了，因為我已經有你了。」

此時，電鈴響起，闕望舒只好暫時放過冷赫羲，開門道：「黎子你來了。」

又來蹭飯！還來「蹭月光」！冷赫羲決心要搬家，但礙於某些原因，他只能再忍一忍。

鄭黎見冷赫羲一臉不歡迎他的模樣，並不放在心上，對闞望舒說：「你要不要回歸大銀幕？我好想和你一起演戲。」

演戲這顆種子只是深埋在泥土裡，等到有一天有雨水澆灌它，有陽光照耀它，它就會鑽出土壤，再次看看這美麗的世界。闞望舒如是想，但多年沒面對鏡頭他也害怕，「再說吧。」

「韓語非這角色就是我根據你的香氣發想的，當初我還以為能吸引你前來試鏡。」冷赫羲牽起他的手，「這是我的願望。」

「這電影不拍，我哥欠了劇組好多錢，就連小舅也說電影再不拍，要把他拖去公司上班抵債。」鄭黎說這些並不是為了冷赫羲，而是真心希望闞望舒能回歸。

闞望舒沒想到親舅甥也得明算帳，「這怎麼行？程總也太……」

冷赫羲裝可憐道：「當初小舅為了幫我找你，撒的錢可多了，你說他會饒了我嗎？」

想逃避問題的闞望舒以為去了公司耳根會清淨些，沒想到就連江駿也加入說服的行列，「望仔啊，你知道我等你回歸已經等很多年了，這事始終是我心裡的痛……程總說只要你願意，讓你提名國際電影獎都不成問題。」

俗話說「好O怕纏郎」，闞望舒終於受不了這三個Alpha的纏功，直接棄械投降。「我演、我演，哥你就別再自責了。」

說演就演，這消息一公開就霸占各大媒體的重要版面，就連許久不曾聯絡與謀面的朋友都紛紛捎來祝福。

第一個人是帶了一週就成為人妻的Omega小歌星：恭喜望舒哥哥回歸大銀幕，期待你加入人妻行列。

人妻嗎？闕望舒一看見這話，臉比窗外的晚霞還要紅！

第二個是外太空還沒上去，卻登上世界最高峰的Beta：我在最高峰獻上最高的祝福，願你星途璀璨，如這浩瀚的星空。

闕望舒看著傳來的星空美圖，心想要是能真的看一次那美麗的星空，該是多棒的享受。

第三個是A+的隊長：這樣的美人在身邊，我居然視而不見，肯定是被「老二」蒙蔽了雙眼。

A+的老二寫道：這樣的美人在身邊，我居然視而不見，肯定是被「隊長」蒙蔽了雙眼。

A+的老么也來獻上驚喜：我們決定破例「合體」出席你的電影首映會。望仔哥哥，加油！

闕望舒看見這些訊息，不禁鼻子一酸，眼眶就泛上淚水。他收拾好心情，緊鑼密鼓上了表演課，盡量把狀態調整至最好。

為了表演他剪去多年及肩的長髮，沒想到要人理光頭也不能帶頭套的冷赫羲居然像個小孩般鬧脾氣，表示不滿，硬是要他拍完戲就把頭髮留回來。

劇組人員一看見這個好消息也陸續歸隊；然而，二中的校舍在過年後拆除了，外景得重新尋覓場地，地點最後落在M市郊區的一所私校。

電影一拍就一年，終於在十二月下起初雪的那一天殺青。

劇組忙著收拾，準備參加期待已久的殺青宴。

冷赫義問：「有人看見我家的月亮嗎？」

有人回：「我看見他往廁所去了。」

冷赫義覺得他今日有點鬼祟，悄悄走進廁所，恰巧看見一瓶抑制劑從門縫滾出來，不作他想直接撿起來，往門板顯示使用中的那間走過去，拿著抑制劑的手擱在門板上方。

闕望舒抬眼一看，似曾相識的場景和熟悉的氣息，不過是截然不同的心情，他緩緩打開門，眼眶瞬間溼潤，問：「你是不是也在機場的廁所撿過抑制劑？」

「是啊，你該不會現在才知道那個人是我吧？」冷赫義見他這副惹人憐愛的模樣，就想把他揉入懷裡，「那天鄭黎還在和我賭氣，所以我比他早了一些時間出海關。和你接觸幾次後，我才發現自己原來在回國的第一天就遇見你；但命運總是捉弄我，老是只讓我聞到你的信息素，卻不讓我看你的廬山真面目。」

闕望舒眼睜睜看著冷赫義把那管抑制劑扔進垃圾桶裡，「待會兒還要參加……你怎麼就把它扔了？」

「大家能體諒導演的辛苦，也能體諒Omega的辛苦。這是Omega的特權！」冷赫義緊緊摟住他，狠狠把人吻過一遍才繼續說：「我帶你去一個地方。」

冷赫義和闕望舒十指緊扣，把面露羞澀並帶著一股暗香的他從廁所牽出來。

闕望舒對著劇組人員直說抱歉，「改日，我再請大家吃飯。」

劇組人員也知道冷赫羲就是個寵妻魔人，吃飯事小，要是有人故意為難他的白月光，就是和他作對。

他們和大夥打過招呼後，人便離開。

下午四點多，細雪持續飄落。車子開往闞望舒不熟悉的地方，道路兩旁的行道樹只剩下光禿禿的枝椏，他能想像春天來訪時這抹新綠將會是多麼地迷人。

車子駛入一條安靜的街道，在警衛室停留幾秒後就駛入一個小社區。一幢幢帶花園的獨立建築物看起來就像是森林裡精靈的住家，非常美麗還帶點神祕。

車子停在一棟雪白的洋樓前。

冷赫羲牽著他的手進入屋內，「我們的新家，喜歡嗎？」

這樣漂亮的房子怎樣可能不喜歡呢！

闞望舒點點頭，「喜歡！」

冷赫羲沒讓他上樓，開啟後門，一陣淡雅的花香撲鼻而來。

後花園不大，一棵梅樹傲然挺立在庭院中央，枝椏上的花朵盛開，白似瑞雪。

「這是二中那棵梅樹嗎？」粉嫩的花蕊散發著一陣陣清香，令闞望舒心曠神怡。

「明年我們就能一起採梅、釀梅。」用一年又一年的時光浸釀，發酵成最醇美的記憶。

雪花飄飄，今日最後一縷日光從雲朵中透了出來，冷冷的太陽照耀在霜白的梅花上。

「哥哥，過了這麼多年，我終於能保護你。你願意讓我一輩子照亮你嗎？我的月亮。」

闕望舒眼裡滿是柔情蜜意，點點頭說：「請溫暖我一輩子，我的冷太陽！」

冷赫羲從懷中掏出一枚銀戒——上頭鑲著一顆象徵太陽的紅寶石，旁邊還刻畫出幾道光芒——戴在闕望舒修長手指上。

闕望舒微微踮起腳尖，吻住他的呼吸，吻住幸福！

金烏未落，玄兔升起。

一天之中最美的一縷時光，是他們第一次的相遇。

從今爾後，誰再也離不開誰。

要彩虹7　PG2927

要有光
FIAT LUX

怪你過分芬芳

作　　者	晉晉然
責任編輯	劉芮瑜、尹懷君
圖文排版	陳彥妏
封面繪圖	晉晉然
封面設計	王嵩賀

出版策劃	要有光
發 行 人	宋政坤
法律顧問	毛國樑　律師
印製發行	秀威資訊科技股份有限公司 114台北市內湖區瑞光路76巷65號1樓 電話：+886-2-2796-3638　傳真：+886-2-2796-1377 http://www.showwe.com.tw
劃撥帳號	19563868　戶名：秀威資訊科技股份有限公司 讀者服務信箱：service@showwe.com.tw
展售門市	國家書店（松江門市） 104台北市中山區松江路209號1樓 電話：+886-2-2518-0207　傳真：+886-2-2518-0778
網路訂購	秀威網路書店：https://store.showwe.tw 國家網路書店：https://www.govbooks.com.tw
總 經 銷	聯合發行股份有限公司 231新北市新店區寶橋路235巷6弄6號4F 電話：+886-2-2917-8022　傳真：+886-2-2915-6275

出版日期	2023年5月　BOD一版
定　　價	280元

讀者回函卡

Printed in Taiwan

國家圖書館出版品預行編目

怪你過分芬芳 / 晉晉然著. -- 一版. -- 臺北市 :
要有光, 2023.05
面 ;　公分. -- (要彩虹 ; 7)
BOD版
ISBN 978-626-7058-82-4(平裝)

863.57　　112005634